골목길의 고백

사랑하는 이에게 들려주는 이야기

대표에세이문학회

초판 발행 2016년 11월 12일
지은이 대표에세이문학회
펴낸이 안창현 **펴낸곳** 코드미디어
북 디자인 Micky Ahn **교정 교열** 백이랑

등록 2001년 3월 7일
등록번호 제 25100-2001-5호
주소 서울시 은평구 갈현로 318-1 1층
전화 02-6326-1402 **팩스** 02-388-1302
전자우편 codmedia@codmedia.com

ISBN 979-11-86104-45-3 03810

정가 12,000원

골목길의 고백

대표에세이문학회

소리로 읽는 대표에세이
http://www.supil.or.kr

위 홈페이지에 접속하시면 수록된 작품들을
육성으로 감상할 수 있습니다.

목소리로 만나는 우리들의 얘기

올해로 서른세 번째 대표에세이 작품집을 마주하고 있습니다.
소리로 읽는 에세이! '낭독수필집'을 엮다보니 가슴이 쩡합니다.
결코 짧다할 수 없는 세월, 척박했던 수필의 길에 비질하며
그간 대표에세이를 빚어온 선배님들의 흔적이 물씬 닿습니다.

『月刊문학』 수필 공모 출신의 등단 작가들만의 최초 동인회,
그 자부심과 책무는 늘 새로운 시도를 이끌어 냈습니다.
매년 6월이면 세미나를 통해 지향점을 모색해 가며
다년간 엮어낸 5매 수필집을 비롯해 이름을 가린 연(戀)수필,
교과서에 실리고 싶은 수필 등 테마가 있는 수필을 낳았습니다.

책읽기가 점점 멀어지는 시대, 긴 글은 더욱 그러하고
짧은 글조차 영상에 밀리는 현상과 때를 같이하여
회원들의 5매 수필을 음성에 담아 작품집을 엮어봅니다.

이제, 길을 가면서도 소리로 수필을 만날 수 있습니다.

동인들의 낭독수필집, 어쩌면 첫 시도가 아닐까 싶습니다.
목울대를 통해 잠잠히 울려오는 수필이 심금을 울리며
또 다른 감동으로 독자들에게 다가가기를 기대합니다.
비록 미미할지라도 새 길을 연다는 것에 의미를 둡니다.

2016년 햇살 좋은 가을날
대표에세이문학회 회장 김윤희

contents

contents

정목일

작가소개

1975년『월간문학』수필 등단, 1976년『현대문학』수필 천료. 한국수필가협회 이사장, 한국문인협회 부이사장, 연세대학미래교육원, 롯데백화점 본점, 한국문인협회 수필교실 지도교수. 한국문학상, 조경희문학상, 원종린문학상, 흑구문학상, 남촌수필문학상 등 수상. 수필집『남강부근의 겨울나무』『한국의 영혼』『별이 되어 풀꽃이 되어』『달빛고요』등 20여 권. namuhae@hanmail.net

별을 만나는 순간

별을 보는 건 한 찰나이나 영원을 만나는 순간… 별은 우주 공간에 있지만 서로 이마를 맞대고 눈동자를 들여다본다. 별을 보는 순간, 몇만 광년 전에 떠났던 별빛이 눈동자 속으로 들어온다. 이 눈 맞춤 한 번을 위해 나는 이미 오래전에 태어나 이 순간을 맞이한 것일까.

한 별과의 눈 맞춤은 영원을 만나는 순간… 생애에 소중한 순간들이 별빛처럼 흐르고 있음을 느낀다. 사람들은 지상의 보이는 일만 알 뿐, 천상의 일을 알지 못한다. 순간을 볼 뿐, 영원을 보지 못한다.

별은 상상 밖에서 인간이 가질 수 없는 꿈을 영원 속에 펼쳐 보인다. 무수한 별들을 바라보면서 삶의 시時 · 공간空間을 생각한다. 밤하늘을 올려다보며, 마음의 안테나를 세우고 별들과 교신을 시도해 보곤 한다.

별의 고향은 어둠이다. 어둠 속이어야 별을 만날 수 있다. 어둠을 잃어버리면 별을 만나지 못하고 영원조차 바라볼 수 없다. 별빛은 자신의 뼈와 살을 태워 내는 빛이다. 인간의 삶은 유한有限에 머물지만 별을 통해 영원을 바라본다. 별은 인간의 마음에 영원의 빛을 반짝이게 만들고 무한의 세계로 이끌어주는 등대불이 돼준다.

별을 만나는 순간에 영원과 조우하는 자신을 깨닫는다. 삶의 가치와 의미를 발견하고 깨닫는 순간, 별이 될 수 있을까. 어둠을 맞아들여 별을 만나고, 어떻게 설렘과 경이로움으로 내 삶을 반짝이게 할까.

녹차의 참맛

녹차의 맛은 우려서 낸 맛이다.

산의 만년 침묵을 우려내면 어떤 맛일까. 파르르 새로 솟아난 신록의 빛깔을 우려내면 무슨 맛일까.

산의 명상을 어떻게 맛볼 텐가.

바위의 그리움을 우려내면 그대의 얼굴이 떠오를까.

녹차의 맛은 활활 타는 쇠솥에서 덖어서 낸 맛이다.

오장육부를 불에 볶아서, 순하고 천진하게 만들었다.

녹차의 맛은 손으로 비벼서 낸 맛이다.

햇살, 달빛, 바람, 이슬, 세월을 잘 비벼내서 한 잔의 차를 마셔볼 텐가.

녹차는 정화수의 맛이다.

산이 높을수록 계곡은 깊고, 땅속에 스민 물은 담담해진다.

새벽 종소리가 온 몸의 신경을 깨우듯 한 잔의 차는 생각의 미세관微細管까지 와 닿는다.

어찌 잎의 맛뿐이랴. 물의 맛뿐이랴. 바람의 맛뿐이랴. 달빛의 맛뿐이랴. 녹차엔 우리 자연의 성품과 눈매와 생각이 쌓여, 오래도록 음미하게 만든다.

녹차는 맛을 탐하지 않는다.

무심無心의 바닥이다. 녹차의 맛엔 그리움의 피리소리가 젖어있다.

한지 방문을 바라보고, 백자를 빚어낸 우리 민족이 지닌 심성의 맛이다.

녹차를 마시며 눈을 감으면 영원 명상이 아닌가.

인생과 자연과 여백의 맛이 아닐까. 시·공간을 초월한 영원과의 눈 맞춤이 아닐까.

김 학

작가소개

1980년 『월간문학』 등단. 전북문인협회장, 전북펜클럽 회장, 국제펜클럽 한국본부 부이사장 역임. 전북대학교 평생교육원 수필창작 전담교수. 한국수필상, 영호남수필문학상 대상, 신곡문학상 대상, 펜문학상, 전주시예술상, 목정문화상 등 수상. 수필집 『나는 행복합니다』 등 12권, 수필 평론집 『수필의 길 수필가의 길』 등 2권.
crane43@hanmail.net

내림

빗방울이 오락가락하는데 둘째 아들이 서울로 간다며 집을
나섰다. 터미널까지 데려다 주겠다고 해도 고개를 저으며 택시로 갔다. 신
발을 신고 곧장 뒤따라갔는데 어느새 택시를 탔는지 아들의 모습은 보이
지 않았다. 금세 눈물이 핑 돌아 하늘을 우러러보았다. 바로 카카오톡으로
문자를 보냈다.

"몇 시 버스니? 서울 도착하면 연락해다오. 잘 가렴."

둘째 아들은 10년 만에 돌아와 2박 3일 머물다 오늘 떠난 것이다. 서울
에서 머물며 맡은 출장 업무를 처리하고 2주일 뒤엔 다시 미국으로 떠나
야 한다.

둘째 아들은 10년 전에 미국으로 유학을 가서 카네기멜론대학에서 전
자공학박사 학위를 받고 샌디에이고 퀄컴사에 입사하여 스텝 엔지니어로
근무하고 있다.

나는 지난 10년 동안에 둘째 아들을 세 번 만났다. 3년 전에는 샌디에고로 날아가서 3주를 머물며 아들 내외와 손자 손녀랑 여행도 하며 즐겼었다. 지난해 3월에는 처음으로 우리나라에 출장을 와서 하룻밤 같이 잔 적이 있다. 그런데 이번 출장은 기간이 3주일이나 되기 때문에 전주까지 온 것이다.

둘째 아들은 전주에 오더니 10년 전에 먹어본 전주비빔밥과 콩나물국밥, 무밥을 먹고 싶다고 했다. 외국살이를 오래 해도 옛날 식성은 변하지 않는 것 같다. 아홉 살짜리 손자는 미국에서 태어났는데도 된장찌개와 육개장, 불낙을 좋아한다며 토종 한국인이 분명하다고 했다. 역시 피는 속일 수 없는가 보다. 둘째 아들이 이번 출장을 마치고 미국으로 돌아가면 또 언제 만날 수 있을지 모른다. 그러나 언제라도 영상통화가 가능한 스마트폰 세상이니 옛날처럼 그렇게 섭섭하지는 않다. 멀리 떨어져 있어도 바로 곁에 있는 것 같은 세상이니 말이다.

시간은 흐르고

　　흘러가는 세월에 쐐기를 박을 수는 없다. 아무리 절대자라 해도 시간의 흐름을 멈추게 할 수는 없는 일이다. 또 해가 바뀌었다. 해가 바뀌면 우리는 나이를 한 살씩 더 먹는다. 어떤 사람은 나이를 먹어서 기뻐할 사람도 있겠지만, 또 어떤 사람은 나이를 먹는다는 것이 달갑지 않을 수도 있을 것이다.

　　세월은 누구에게나 평등하게 주어진 자본금이다. 그 자본을 잘 이용한 사람에게는 승리가 돌아가지만 그렇지 못한 사람에겐 패자의 슬픔이 안겨지기 마련이다. 흘러가는 세월의 속도는 언제나 변함이 없다. 봄, 여름, 가을, 겨울 또는 밤과 낮, 언제나 일정한 속도로 흘러가는 것이 시간이다. 우리는 해가 바뀌면 앓던 이라도 빠진 듯이 새해를 반겨 맞는다. 평소엔 시간의 귀중함을 깨닫지 못하다가 해가 바뀐다 해서 호들갑을 떤다는 것은 그리 환영할 만한 일은 아니다.

우리 속담에 '도끼자루 썩는 줄 모른다'는 말이 있다. 두말할 나위 없이 세월이 가는 줄 모름을 일컫는 말이다. 영국의 속담에도 '세월은 사람을 기다리지 않는다'고 했다. 그렇다면 과연 우리는 이러한 세월을 어떻게 보내야 할까? 행복한 사람은 시계에 관심이 없다. 시계에 관심이 없다는 것은 바로 시간의 흐름, 다시 말해서 세월의 흐름을 안타까워하지 않는다는 얘기다. 그렇다. 흘러가는 시간에 연연해 할 필요는 없다.

세월의 흐름을 아쉬워하는 것, 그것은 시간과 정력의 낭비에 지나지 않는다. 연구실에서 실험에 몰두하는 과학자는 시계를 쳐다볼 겨를이 없을 줄 안다. 무대에서 연기를 하는 배우나 노래를 부르는 가수도 시계를 훔쳐볼 겨를이 없다. 그들은 모두 그 순간만은 아무것에도 구애받지 않는다.

지금도 시간은 흘러가고 있다. 그러한 시간은 우리의 뜻과는 아무런 상관없이 우리를 아빠 엄마 또는 할아버지 할머니로 만들어 준다. 그러나 우리는 시간이 가져다주는 운명을 거부할 수 없는 처지들이다. 연출자의 뜻대로 배우가 분장을 해야 하듯이 시간의 연출에 따라 우리는 움직일 수밖에 없는 존재들이다. 그렇다고 슬퍼하거나 노여워할 필요는 없다. 한때 세계를 주름잡았던 영웅호걸들도 시간의 연출을 거부할 수 없었거늘, 더구나 평범한 사람들이야 어찌하겠는가? 지금도 시간은 이렇게 흐르고 있다.

이창옥

작가소개

1983년『월간문학』수필 등단. 전북문단, 현대수필, 펜문학, 한국문협 회원. 전북수필문
학회 회장, 전북문협 이사, 현대수필 이사 역임. 풍남문학 본상, 한국문학 대상 등 수상.
수필집『밀알의 숲』외 5권. leeco41@naver.com

마음도 몸도 곱게 물들어

가을!

추경을 그린 풍경화는 사람의 마음에 가득 담긴다. 모래 재 준령 양편에 천자 태깔의 단풍이 곱게 물들었다. 가을만이 그릴 수 있는, 지상에서단 한 점뿐인 명화가 눈앞에 펼쳐졌다. 보는 것만으로도 눈과 몸과 마음이치유되는 듯하다. 이는 분명 하늘이 내린 보물이며 사랑이 아닌가. 온 산을 물들인 잎들의 미소 띤 군상에 눈을 떼지 못하는 감동과 찬탄의 음악을깊고 니7도 고스 천각 절경에 긴긴흰 숨을 고른다.

보라! 어찌 저리도 아름다울까. 미인의 상이 이에 비길 수 있을까? 나의마음을 살갑게 이루어 오직 이 순간만이라도 청아의 마음으로 가득 채워져 자연과 더불어 일치한 현상이 영토하고 아름답지 아니한가.

오늘, 오랜만에 온가족이 선산에 가는 길이다. 금사가 내리는 갈 잔치에초대되어 마냥 즐겁다. 차창으로 보이는 화창한 가을을 물들인 멋과 맛에 취해 온전한 평화를 본다. 잠시 고갯마루에 차를 멈추고 가을잔치에 묻어 가슴 가득히 안기는 형형색색을 안고, 맑은 향냄새는 우리를 흠씬 사랑한 덕을 베푼다. 이런 때 오욕五慾과 칠정七情을 깡그리 멀리한 채 인간 천성을 함빡 안겨주지 않은가.

이 길은 우리의 자손을 인도한 조상님과 만남의 길이다. 얼마 전 5대 조의 마당을 조성한 선조의 '푸른 공원'에 감사의 깊은 정을 쏟으려 가는 길이며, 하뭇한 마음의 잔치가 후손을 그리는 정을 맞이하는 순수의 순간이기도 하다. 이에 마음보다는 그리움이 설핏 잔향으로 남는다.

선조와 더불어 어머니가 오르고 내리며 솔숲을 무성히 가꾸어 오늘에 이른 푸른 솔은 어머니의 넋인 양, 싱그럽고 따스한 정이 무리지어 반긴다. 운치 있는 옛길을 걸으며 어머니와 같이 손의 따순 정을 나누어 사랑이 서린 미소 띤 당신의 얼굴을 그려본다. 생시의 혼이 서린 사랑을 꼭꼭 짚어서다.

'어머니. 며느리 손자들이 할머니의 묘비 상석에 어머니가 평소에 즐겨 하신 국화 술잔을 올리네요.'

어머니와 도란도란 혈육의 사랑을 나눈다. 둘러친 천자만홍의 울숲이 우리의 마음에 곱고도 곱게 물을 들이고 있다.

꽃들의 이야기

　　나들이는 적게 생각하고 많이 행동하라는 의미를 실천으로 옮기는 진리인가 싶다. 이런 때 미움, 욕심, 원망, 아픔, 괴로움에 집착을 지워버리고 나면 그 빈 공간에 자애와 사랑으로 채워져 번거롭던 마음이 편안해지고 모든 일이 즐거움을 맛보게 된다. 이는 삶의 언저리에서 알게 한 지혜와 평화가 나를 살지게 하고 아름다운 마음씨를 가득 안게 한다.

　　이런 마음에서 장미원 꽃길을 가며 사랑을 배운다. 사랑은 나눌수록 더 애틋해지고 마음은 비울수록 더 편안해진다. 그리하여 사람은 언제나 감사한 마음으로 즐겁고 밝게 살아가는 것 아닌가.

　　"소피아, 미켈란젤로, 썬나이트, 로맨티카, 루이제피론, 몬타, 카리비아, 모니카" 등 모두가 장미의 이름으로 홍, 백, 황, 연분홍, 흑장미의 화원은 지상의 수백 종류의 모음인 장미원이다. 그냥 장미가 아니다. 말로 형용키 어려운 꽃들의 조화. 장미의 매력은 눈을 놀라게 하지만 미덕은 영혼을 사로잡는 것인가? 장미에서 받는 기쁨보다 주는 기쁨을 익힌다. 그 자리에는 요염한 장미의 미소를 한껏 뿜어댄다. 어머니의 미소일까. 미인의 수굿한 미소일까. 아름다움이란 이런 것인가? 여기에 나의 마음이 장미가 되어 하나같이 붉어져 저민 붉은 장미가 된다. 세상 모든 일을 멀리한 채 이렇게 오붓할 수 있을까? 너와 내가 하나 되어 사랑한 천지로 숨 고르며 조용히 꽃의 향기에 적신 심상의 꽃을 몸과 가슴으로 안는다. 눈이 시리다. 오순도순 장미의 사랑한 이야기를 고운 꽃눈으로 담고 마음에 실어 이제는 혜일하고 곱살한 장미가 우릴 새롭게 만드는 살갑고 순수한 찰나다. 항상 겪는 일이지만 만남의 귀한 모멘트는 인생의 멋을 장식하는 또 하나의 탑에 돌 하나 더 얻는 것 아닌가. 오늘은 내일이 아니다. 오늘의 만남의 장미원은 씨억씨억하고 여낙낙함이 나의 싱그런 삶의 시간 앞에 겸손할 줄 아는 생의 한 가닥 얼개의 조화는 아름답기만 하다.

'여기에 큐피드의 장미가시 이야기는, 사랑한 키스의 순간 벌이 날아와 큐피드의 입술을 쏘아 사랑을 방해하는 것을 그의 어머니 비너스가 이를 알고 화가 나 아들의 입술을 다치게 한 벌의 침을 뽑아 장미 줄기에 붙였다는 일화다.' 아름다운 장미가시에서 사랑이 담긴 멋을 갈무리한 품새가 흥미롭다. 드넓은 장미꽃 길을 쉬엄쉬엄 걷는다. 인간 오욕五慾을 깡그리 던지고 청정한 장미가 되어 늙고 줄고한 인생을 꽃에서 터득한다.

지연희

작가소개

1983년『월간문학』수필 등단,『시문학』시 등단. 한국문인협회 수필분과회장, 한국수필
가협회 부이사장. 국제펜클럽 한국본부 이사, 한국여성문학인회 부이사장. 계간『문파문
학』발행인. 수필집『사계절에 취하다』외 12권, 시집『메신저』외 6권.

yhee21@naver.com

■

가을은 기도하는 시간

조석으로 살갗을 스치는 바람의 차디찬 흔적에 몸을 움츠리게 된다. 그 차가움 사이를 뚫고 유리창으로 비춰드는 햇살이 눈부시게 맑고 환하다. 간밤 비 내림의 까닭도 있었겠지만 하늘이 저만치 높다. 햇과일이 과일가게 매대 위에서 선을 뵈는 가을이 이미 우리 곁에 스며와 있음을 확인하게 된다. 여름과 가을, 어쩌면 한 눈금 사이로 경계를 이루는 이 계절의 변화는 자연이 세상에 전하는 가장 진실한 약속 지킴이다. 어김없이 찾아오는 봄과 여름 사이, 여름과 가을 사이 그렇게 계절은 기다림 없이도 찾아온다.

일본 중심부를 강타한 태풍의 여파가 한반도의 남부에서 중부까지 비바람을 몰고 오더니 플라타너스 누렇게 마른 잎이 현관 안까지 수북하다. 도로변 일렬종대로 서 있는 플라타너스 가지에서 떨어진 어른 손바닥보다 큰 잎들의 바스락거리는 뒤척임이 가을을 더한다. 아직은 만추의 울렁

26

대표에세이

임은 아니더라도 살갗이 춥다. 책을 좋아한다는 미화원 아저씨가 도로변에 떨어져 구르는 마른 잎들을 쓸고 있다. 큰 포대에 그들을 모아 담는 길을 지나 시장통에 이르러서야 마음이 환해졌다. 볼그레한 낯빛의 복숭아, 사과들이 과일가게에 가득하다.

저녁 늦게 귀가하였더니 '횡성농협'이라 인쇄되어진 상자 하나가 현관 문 밖에 놓여있었다. 제법 무게가 느껴지는 상자를 들고 실내에 들어섰다. 단단히 봉해진 상자를 개봉하자 고구마 줄기, 굵은 대파, 가지, 방울토마토, 누렇게 잘 익은 호박 하나가 담겨져 있었다. 신문지에 정성껏 한 가지 한 가지 포장하여 담겨있는 농부의 결실을 바라보며 보낸 이의 훈훈한 손길을 생각했다. 문득 이 작물들도 지난 6월의 가뭄에 목이 말랐을 것이라는 생각이 들었다. 대견스럽고 소중했다. 축구공만 한 잘생긴 호박을 쓰다듬으며 농부가 흘린 땀을 가늠해 보았다.

가을은 결실의 계절이다. 9월은 그 풍성한 계절의 문을 여는 초입으로 지금 논과 밭에선 막바지 혼신을 다한 뿌리의 열정이 남아있을 것이다. 누우런 황금들판을 위한 벼들의 고개 숙임과 가지가 땅에 닿도록 매어단 열매들을 붉은 낯빛으로 성숙시키기 위한 나무의 조용한 기도 시간이다. 가을은 미혹의 나를 차분히 완숙시키는 성찰의 시간이어서 나뭇잎들이 그렇게 조금씩 붉게 물들어 가는 모양이다. 붉게 물들어 스스로를 흔적 없이 태우고 소멸시키며 세상 속에 '나'를 지우는 무한의 공간에 머물기 위한 기도하는 계절이다.

■

한 알의 감자 씨가
줄기를 뻗을 수 있기를

난데없이 불어 닥친 메르스의 폭풍은 사회저변에 불안과 신뢰를 잃어버린 불신의 시대로 야기 시켰다. 사람과 사람이 서로 거리를 두고 무슨 폭발물이라도 품고 있는 듯 경계하며 지냈다. 설상가상으로 전국의 대지는 바스라지고 갈라져 농작물이 바싹바싹 마르고 있다. 급기야 식수까지 부족한 갈증의 두려움이 몰려올지 모른다는 불안 속에 살고 있다. 허옇게 맨땅을 드러낸 저수지와 마른 낙엽처럼 성장을 멈춘 밭작물을 바라보는 농부는 하늘만 쳐다보며 타는 속을 다스리고 있다.

저녁 무렵 잠깐 내리던 빗방울이 고맙고 반갑더니 해지고 다시 아침에 이르러 하늘은 무심하게 밝고 맑다. 전 세계적인 이상기온은 기름진 땅을 급격히 사막화시키고 식물이 뿌리를 내리지 못하는 죽음의 바다를 넓히고 있다는 것이다. 지구촌 엘니뇨현상의 폐해라고 한다. 비가 펑펑 쏟아지기를 기다린다. 속절없이 퍼붓던 장맛비로 수해를 입어 목숨을 빼앗기는 사례도 적지 않았지만 비를 기다린다. 마른 땅을 적시는 단비를 기다린다. 굶주려 허기진 아이처럼 횡한 눈의 논과 밭이 비를 기다린다.

넘치거나 부족함이 없는 중용의 삶이 얼마나 가치 있는 일인가를 문득 문득 깨닫는다. 거북등으로 갈라진 마른 소양댐의 맨바닥을 바라보며 수심 깊이 감추어졌던 수줍은 물의 속살을 부끄럽고 죄스러운 마음으로 훔쳐보았다. 최소한 속살은 감출 수 있어야지 안타까울 뿐이다. 적당한 비와 적당한 햇살과 적당한 바람으로 사람들은 행복해진다. 한 포기의 배추 모종이 뿌리를 내리고, 한 알의 감자 씨가 줄기를 뻗을 수 있기를 기다린다. 저 마른 대지 위에 초록의 옷을 입은 단비를 기다린다.

금년 7월은 늦은 장마가 시작된다는 기상청의 보도가 있었다. 며칠만 견디면 넉넉한 어머니의 품 같은 손길로 상처 난 저수지, 댐들의 속 깊은 아픔을 치유할 수 있을 것 같다. 전국에 분포 되어 있는 수천 명의 메르스 격리자와 수백 명의 확증 환자 모두 완치되는 날이 머지않았으리라는 생각을 한다. 생명을 내어놓고 병마와 싸우는 환자들과 육신의 고단과 고통을 견디며 의술을 펴는 의료진의 사투는 아름다운 헌신이다. 이들 모두 폭풍의 굴레에서 무사히 귀환할 수 있기를 기도드린다.

지연희

조성호

01 부여의 꽃
02 사랑해 당신을

작가소개

1983년『월간문학』수필 등단. 한국문인협회, 뒷목문학 회원. 수필집『재생 인생』.
yj4614@hanmail.net

부여의 꽃

부여 궁남지에서 연꽃축제를 연다 하여 찾아간다. 해마다 7월 중순 연꽃 필 무렵이면 행사를 크게 열어 사람들을 불러 모으는데 이번에는 다행히 시끌벅적하지 않았다. 덕분에 고도의 품위를 지키며 역사적인 곳을 완상할 수 있는 즐거움을 맛보았다.

예전에는 궁남지에 '풍랑정'만 달랑 있어 경복궁의 향원정처럼 고즈녁한 멋이 있었는데, 행사 규모를 너무 키운 탓인지 주변에 대단위 연꽃 밭이 시끌벅적가 진은 치장한 듯 화려함만은 감조한 꼴이 되었다. 공무인과 주민들의 노고가 뻔히 보인다. 덕분에 만발한 각양각색, 세계 각국의 연꽃들까지 보며 다양한 연꽃의 향연에 초대받은 기분이 든다. 연꽃은 사랑의 꽃이고 부여의 꽃이 되었다. 백제의 서민인 서동과 신라의 귀족 선화공주가 신분을 뛰어넘고 국경을 허문 사랑이 이뤄진 부여, 역사적인 사랑이 꽃 핀 곳이 바로 부여다.

그런데 사실 내게 있어 부여의 꽃이라면 연꽃보다는 배롱나무가 먼저 떠오른다. 한여름 무더위에도 아랑곳하지 않고 분홍꽃을 백일 동안이나 계속 피워내는 사랑의 열정에 반했다. 학교 졸업 후 이곳에 오면서 이 꽃이 배롱나무, 백일홍나무란 이름인 줄 알게 되었다. 매일 오르던 자온대 주변은 여름 내내 분홍꽃밭이었다. 오십 년 전의 그 인상적인 꽃 빛깔이 부여를 상징한다.

또 하나 부여 꽃으로는 신동엽 시인의 꽃 진달래다. 우리나라 온 천지가 진달래 산천임을 자각시킨 꽃이다. 특별히 진달래를 찬양하진 않았으나 너무 흔하여 보잘것없어 보이는 이 꽃을 우리 민족, 민중의 역사의식을 심어주는 꽃으로 노래했다.

부여의 꽃은 시인 신동엽 자신일 수도 있다. '정신이 살아 있는 곳' 부여 태생인 신동엽은 서정적 시 감각으로 장편 서사시 「금강」을 엮어냈다. 역사를 바탕으로 동학과 4.19 혁명을 이어온 전통으로 본다.

이번에 서둘러 부여에 온 것은 '신동엽문학관'이 개관한 때문이다. 고향을 사랑하고 민중을 사랑하고 나라를 사랑했던 시인, 부인 인병선 시인과 사랑의 편지를 주고받으며 고전적인 사랑을 펼쳤던 시인.

문학관 뜰에는 작은 시의 광장이 있다. 그의 시는 깃발로 나부낀다. 시어들 하나하나가 하늘 바탕에 살아 휘날린다. 시들이 아우성친다. 부여 출신의 임옥상 미술가의 아이디어가 빛난다. 문학관은 승효상 건축가의 작품으로 이웃집보다 외려 낮은 자세로 시멘트와 자갈과 푸른 잔디로만 꾸민 아담한 집이다. 「생가」란 부인의 시는 신영복 글씨체로 빛나고 '신동엽문학관' 깃발도 그의 글씨로 펄럭인다. 여기서 찬란한 부여의 꽃이 자꾸자꾸 피어날 터전이 되었다.

사랑해 당신을

글벗들 모임은 기념식이나 세미나보다는 그 뒤풀이가 흥겹고 재미있다. 딱딱한 언어의 유희에 침체되었다가 해방된 백성처럼 막걸리 기분에 막말도 하고 유행가 가락도 뽑는다. 활자 문화권에서야 조심조심하다보니 글자 하나도 허투로 쓰기 어렵지만 자유로운 분위기에서는 어느 말도 어느 노래도 허용된다. 싸움만 아니면.

우리 고장 진천 모임이니 당연히 참석할 일이고 흥겨운 마당도 마다할 처지가 아니었다. 돌림노래 차례에서 나는 "한번은 문학인 관광버스 귀갓길에 모두들 유행가를 부르는데 안내양만 가곡 '기다리는 마음' 노래를 부르데요. 그는 아마 모두 문학인이니까 적어도 가곡은 불러야겠다고 작정한 모양입니다." 말하면서도 충북의 노래, 국민가요인 '울고 넘는 박달재'를 불렀다.

다음번에는 라나에로스포의 '사랑해 당신을'을 불렀다. 젊은 시절에나 부르던 단조로운 곡에다 단순한 가사가 마음에 들었던 터였다. 노래방 기계가 가사를 알려주지 않아도, '예예예'를 몇 번 어디서 할지를 구분하지 않아도 그건 아무 문제가 없다. 나는 그저 감정만으로 노래를 했다. '사랑해 당신을 정말로 사랑해~.'

내가 결혼하던 칠십 년대 초에 인기 있던 이 노래를 동업자 모임에서 부부가 불려 나가 같이 부르자고 하니 "그냥 선구자나 불러요." 하여 "에구, 분위기 깰려구." 하면서도 그냥 선구자를 불렀다.

막상 함께 부르지 못한 이 노래는 사실 사랑의 노래라기보다는 사랑하던 이를 떠나보내고 애절하게 그리워하는 노래다. 술에 취한 김에 나는 더욱 절절한 그리움을 담아 속으로 울며 노래를 부른다.

'사랑해 당신을 정말로 사랑해/ 얼마나 눈물을…' 아무 꾸밈없는 소박한 슬픔의 표현이다.

갑작스레 아내가 떠나기 두 달 전에는 당신의 환송식처럼 칠순잔치를 가족들이 모여 치렀다. 내가 그린 '한 송이 순정의 꽃 드리는' 만화 한 컷과 당신을 '오미자차'에 비유한 시를 넣고 지난날들의 영상물을 보인다. 금반지를 내가 끼워주자 "생전 처음 이런 선물을 다 받네." 하며 큰소리를 내기에 "조용히 말하지!" 하며 우리는 웃었다. 그러고 보니 생일선물을 제대로 한 적이 없는 무덤덤한 부부였다.

그래도 내가 찍은 지난날의 동영상에서 김치를 담그며 성가를 부르던 모습을 보며, 이제야 뒤늦게 고백한다.

"사랑해 당신을 정말로 사랑해."

권남희

01 밤 벚꽃 길 마차는 부서지고
02 저 별과 달은

작가소개

1987년 『월간문학』 수필 등단. (사)한국수필가협회 편집주간. 덕성여대, MBC아카데미 수필강의. 제22회 한국수필 문학상, 제8회 한국문협작가상 수상. 수필집 『그대삶의 붉은 포도밭』 『육감&하이테크』 등 6권, 수필선집 『내 마음의 나무』 『어머니의 등불』
stepany1218@hanmail.net

■

밤 벚꽃 길 마차는
부서지고

앞이 캄캄했다. 가뜩이나 먹물처럼 시커먼 침묵으로 늘어진 길, 오가는 사람도, 차 한 대도 없는 여기가 어디란 말인가? 불빛 하나 없는 뚝섬 어느 길에서 나는 온몸을 짓누르는 불안감에 치를 떨며 '엄마!'를 부르고 달렸다. 버스가 끊어지도록 탔다가 내렸다가를 반복하며 서울 거리를 헤매고 다녔으니….

그놈의 벚꽃축제 타이틀의 미팅이 화근이었다. 벚꽃이 혜화동만 있는 것은 아닐텐데 과대표 말만 믿고 쫓아가 성균관대생들하고 미팅을 했으면 적당히 선을 긋고 돌아올 일이지, 모두들 짝을 맞춰 돌아가도록 나는 왜 그곳에 진을 치고 있었는지. 파트너가 딴 맘 먹고 창경궁까지 끌고가 밤늦도록 벚꽃나무 아래서 떠는 이바구에 넘어가 다 들어주며 집으로 돌아가야 할 시간을 까맣게 잊고 있었다. 헤어질 때는 참 초라하게 나 혼자 서울역 가는 버스를 집어탔다가 시간이 늦어질수록 가슴은 뛰고 제대로 생각을 할 수가 없었다. 허방다리를 짚으며 뛰다가 멀리 불빛을 발견했는데 작은 구멍가게였다. 막 문을 닫으려던 아주머니는 산발한 머리에 눈물범벅으로 겁에 질린 내 얼굴을 보고 놀랐다.

"학생인데요, 버스가 끊어지고 집으로 가는 길을 잃어버렸어요 . 하룻밤 재워 주시면 안돼요?"

아주머니를 유혹할 요량인지 가게 문 닫을 때까지 알맹이 없는 이바구를 떨던 동네 아저씨가 단칼에 나를 몰아세웠다.

"아가씨인지 학생인지 뭘 믿고 재워줘요. 아줌마, 그냥 보내요. 수상해."

나는 필사적으로 아줌마를 바라보며 사정했다.

"은혜는 꼭 갚을 게요. 오늘만 재워주시면 낼은 집에 갈 수 있어요."

아저씨는 입맛을 다시며 화를 냈다.

"학생 맞아? 어떤 여학생이 새벽이 되도록 돌아다녀. 여기는 뚝섬유원지여. 무슨 짓을 했는지 어떻게 알아. 쫓아보내요."

50대가 넘어 보이는 아저씨는 나에게 화살을 돌리며 오늘의 먹잇감을 찾았다는 눈빛으로 달려들었다. 아주머니의 결정에 따라 내 인생은 불행을 안고 밤 벚꽃 아래 부서질 위기였다. 아주머니가 남자의 마음을 읽었을까.

"나도 딸을 키우는 입장에서 안 되지요. 오늘 나랑 자고 내일 찾아가요."

나는 그날 구멍가게 아주머니 곁에 나란히 누워 세상 돌아가는 이야기를 들으며 엄마에게도 배우지 못했던 인생 과외 공부를 하게 되었다.

권남희 수필 02

저 별과 달은

카이세리 공항에 내려 다시 버스를 타고 실크로드 중간 기점이었던 카파도키아로 가는 동안 밤은 깊어갑니다. 동서 문명이 만나 융합을 이루었던 길 위에서, 만나도 만남이 될 수 없는 우리의 시간을 펼쳐 놓습니다. 그 시간들은 손 닿을 수 없는 곳에서 반짝일 뿐입니다.

어릴 때 나는 늘 밤하늘의 별을 보며 집을 떠나는 꿈을 꾸었습니다. 나를 외로움에 빠뜨린 채 답답하게 하는 고향 집을 떠나야만 나의 꿈이 이루어지리라 믿었습니다. 사수자리 나의 별자리를 찾아 무턱대고 떠났던 때가 열아홉이었습니다.

나는 다시 나의 별자리를 찾아 가방을 꾸립니다.

지중해까지 온 여행자의 외로운 마음에 아늑하면서 알싸한 그리움이 달려듭니다. 달콤한 이 그리움은 당신이 있어 더 애틋한 듯합니다.

문득 밤하늘에 초승달과 별 하나가 같이 가는 것을 발견했습니다. 터키 국기도 빨간 바탕에 오로지 초승달과 별 하나만 그려져 있는데 우연의 일치가 아니란 것을 깨달았습니다. 별 하나와 초승달을 국기에 그리는 터키의 낭만이 빛나는 밤입니다.

아무리 달려도 별과 달은 절대 그 거리를 지키며 길을 터 줄 뿐 다가오지도, 멀어지지도 않습니다. 붙잡을 수 없는 저 별과 달을 따라 주유소 한 번을 만나고 집 한 채 그 불빛이 전부인, 가로등도 없는 캄캄한 들판을 달립니다.

우리의 인생도 이렇게 그저 캄캄한 길을 달려나갈 뿐이겠지요. 어두운 세상에 둘만 있는 것처럼 떠 있는 초승달과 별 하나는 당신과 나의 모습입니다. 세상이 캄캄해야 비로소 떠오르는 존재들, 반딧불이처럼 제 몸빛으로 있음을 알리며 바라보고 바라볼 뿐입니다. 잠들지 못한 채 그렇게 떠 있는 것만으로도 위안을 삼으며 캄캄한 길을 갑니다.

당신과 나의 운명을 생각합니다.

나의 열아홉 그 소견으로는 사람의 마음을 다 읽지 못했을 테고 지혜로운 대응도 할 수 없었다고 생각합니다. 어리숙하고 물정 몰랐던 열아홉 살, 때로 나의 이기심으로 품지 못했던 마음들이 있었을 것입니다. 눈물나게 화나는 일은, 우리는 왜 안 될 것이라고 미리 마음에 선을 긋고 있었는지요. 가장 가까이 있던 사람을 깨닫지 못한 채 집을 떠나고 내 인생의 산을 넘어간 일입니다. 그 후로 나는 어디에도 안주하지 못하고 늘 떠나는 꿈을 꾸는 사람이 되었습니다. 아침이 오면 다시 숨어버릴 저 별과 달 앞에 고해하는 시간을 가집니다. 대가를 치르듯이….

절대 거리를 유지해야 만날 수 있는 별과 달의 길에서만 우리는 죽지 않고 살 수 있다는 것을 깨닫습니다. 그런 만남이라도 행복해야 한다면, 그렇게 살아가야 한다면 저 별과 달은 우리의 운명이겠지요.

최문석

01 아픈 역사 이야기
02 시송師松

작가소개
──

1987년 『월간문학』 수필 등단. 경남수필문학회 회장. 경남수필문학상 수상. 수필집 『에세이 첨단과학』 『살아있는 오늘과 풀꽃의 미소』, 『최문석의 시론』 등.
mschoe3@hanmail.net

아픈 역사 이야기

꽤 오래전 일이다. 1992년 7월 26일부터 29일까지, 한국문협 제3회 해외문학 심포지엄에 참석했다. 목적지 알마트로 가기 전 '성 피터스브르그'와 '모스크바'를 보고 갔다. 막 소련이 해체되어 경제적으로 극심한 어려움을 겪고 있는 러시아를 본 것이다. 우리나라가 일본의 식민지로부터 벗어나려 할 때 갑자기 북한 지역을 점령하여 오늘의 분단된 조국을 만들어 준 나라 소련, 한때 젊은이들에게 공산주의 사상을 심어 열렬한 혁명투사의 삶을 살게 했던 공산주의 종주국 소련. 그 백 년간의 역사적 실험의 초라한 결과를 보았다. 열 살의 어린 나이로 6·25전쟁을 경험한 나는 감동하지 않을 수 없었다.

카자흐스탄공화국 알마트에서 만난 고려인 동포들은 친절했다. 누구도 내놓고 그 한 맺힌 과거를 얘기하지는 않지만 그들의 표정, 글 속의 행간에서 그 아픔을 알 수가 있었다. 1937년 스탈린은 3개월에 걸쳐 17만이 넘는 연해주 한인을 중앙아시아 지역으로 강제 이주를 시켰다. 식량과 옷가지만 챙겨 들고 화물차에 실려 40일간이나 생사를 모르는 여행 끝에 낯선 불모의 땅에 내려져 굴을 파고 짐승처럼 살아야 했다.

나라 잃은 백성이기에 당하는 수모를 딛고 주변의 우즈베키스탄 키르기스탄 등의 지역으로 흩어져 새로운 삶을 일구었다. 오로지 고려인의 근면과 끈기로 황무지를 일구어 집을 짓고, 학교를 세워 자식을 가르치고, 우리말을 지키며 다른 민족의 부러움을 사고 있다.

천산산맥 서쪽의 만년설에서 녹아내린 시원한 냉수 한 그릇을 마시며 우리 동포의 강인한 삶의 의지에 경의를 표했다. 그리고 영원한 행복을 기원했다. 그런데 최근 우연히 연해주로 되돌아온 동포들의 얘기를 듣고 나는 참담한 마음을 금할 수가 없었다. 소련으로부터 분리 독립한 국가들이 그들 민족의 나라를 만들어 가는 과정에 고려인들을 다시 외국인으로 몰아 구박하기 시작한 것이다, 견디다 못한 이들은 버리고 떠난 땅 연해주를 다시 찾아 재이주를 하고 있다는 소식이다. 황무지를 다시 개척하는 그들의 심정이 오죽할까. 그런데 그들의 표정은 웃는 모습이다. 재이주 과정에는 그들의 슬픈 한을 이해하며 정착을 도우려는 한국 젊은이들의 자원봉사가 있었기 때문이다. 강제이주 때는 나라 없는 백성이었지만 재이주 때는 민간차원이지만 대한민국의 도움이 있다. 그들은 소련 국적일지라도 끈질긴 삶의 의지로 고려인의 마을을 개척하는 것으로 대한민국의 자랑일 것이다.

사송師松

내 고향 학동은 담장이 문화재다. 골목에 들어서면 아득한 옛날로 들어선 듯 고색이 창연하다.

고성 학동 긴 골목에 처자 한 쌍 지나가네
처자 댕기 끝만 보고 총각 한 쌍 간 곳 없네.

경상대 박성석 교수가 찾아준 학동 골목을 노래한 민요다. 옛날부터 사람들의 입으로 노래하며 전해 오던 골목이라는 뜻이다. 길을 걷다가 소나무가 서 있는 집이 보이면 그게 우리 집이다. 동리 안에 소나무가 있는 집은 우리 집뿐이지만 그로 해서 골목은 한결 돋보인다. 증조할아버지는 그 나무를 손수 심고 가꾸시며 사송설을 지었다. 설은 한문으로 쓴 수필이다. 그래서 우리는 그 소나무를 사송이라 부른다. 아버님은 사송설을 유당 선생의 글씨로 써서 병풍을 만들고 제사 때면 새겨주셨다. 지난번 제사 때

나는 동생들과 조카들 앞에서 읽고 해석을 하다가 도중에 막혀서 망신을 당했다. 다행히 해서로 써둔 글이 있으니 좀 더 공부를 하면 될 것이다.

오늘 고향 집에 왔다. 두 시간 정도의 노력으로 청소를 마치면 잠자리를 마련할 수 있는데도 참 오랜만이다. 유년의 추억이 곳곳에 스며있는 안채와는 달리 사랑채에 앉으니 증조할아버지의 모습을 상상하게 된다. 내가 태어난 해에 돌아가셨으니 얼굴은 기억할 수가 없다. 사진찍기를 극구 사양하셨다는 얘기를 아버님으로부터 들은 일이 있다. 미관말직도 벼슬한 일은 없지만 하루도 나라를 걱정하지 않은 날은 없었다는 말씀에서 조선시대의 선비 모습을 상상할 뿐이다.

나라가 망해가는 일들을 직접 경험하고 망한 나라에 살아있는 자신의 마음을 술로 달래는 글들이 아버님이 번역한 그의 시집에 간간이 나타난다. 참담한 심정으로 그가 가꾼 소나무를 보고 스승 소나무라 부르며 자손들을 위해서 목숨을 이어갈 지혜를 묻고 있다.

그 할아버지의 방에 지금 내가 앉아 있다. 다시 찾은 나라 대한민국의 국민으로 자가용을 몰고 와서 별장처럼 시골 밤의 고요함을 즐기고 있다. 창문을 여니 달빛을 가린 소나무의 그림자만 뜰 앞에 가득하다.

한석근

01 선사先史의 길을 따라
02 국민건강과 산림자원

작가소개

1988년 『월간문학』 수필 등단, 시 등단. 경남수필문학회 울산시인협회장, 처용수필문학회장 역임. 동포문학상, 펜문학상, 영호남수필문학상 등 수상. 수필집 『봄버들 연가』 등 12권, 시집 『문화유적답사시』. sh2737@hanmail.net

한석근 수필 01

선사先史의 길을 따라

천전리 대곡천은 물 흐름의 구비가 많아서 구곡양장 같다고 한다. 깊은 골짜기를 휘돌아 흐르는 물은 좁은 협곡을 만들기도 하고 물 쉼 쉬는 넓은 호수도 있다. 절벽과 잡목숲 사이로 난 좁은 길을 따라 걷다 보면 청류가 흐르는 골짜기 어디선가 고래 울음소리가 들린다. 뒤이어 소란스럽게 원시인들의 아우성이 들려오는 착각을 느끼게 된다. 환각처럼 이따금 들리는 고래 새끼의 울음소리는 분명 산새들의 울음과는 다른 애절한 절규같이 들린다. 그것은 바람 소리에 실려 오는 온갖 사물들 울림의 환청이었다. 그럴만한 게 이곳에는 5, 6천 년 전 선사들이 바위 절벽에 그려 놓은 수많은 고래의 무리가 있다. 대곡천 반구대 암각화가 있고 조금 상류로 오르면 천전리 각석이 비슷한 연대에 그려져 있다. 암벽 면경 같은 바위 면에 손가락 굵기만큼 굵고 깊게 새겨진 동심원과 인물상은 다분히 예술적 감각이 뛰어나다. 아무리 뜯어보아도 부족의 다산, 번영, 안녕을 기원하기 위해 그려진 그림 같다. 수직 바위면 아래는 넓은 반석이어서 음식을 차리고 하늘에 제를 올린 제단으로 추측된다. 한낮이면 고요가 기지개를 켜는 계곡은 신라의 화랑들이 심신을 연마하다 말을 타고 달려와 휴식하던 곳이기도 하다. 바위 아래 부분은 왕실의 애틋한 사랑 놀음이 새겨져 있어 찾는 이들의 발걸음을 붙잡고 가슴을 아리게 한다. 답사객이 찾아오지 않는 날은 계곡 물소리가 시창이 되어 흐른다. 깎이고 패인 여울은 작은 폭포를 만들어서 명주 천같이 꼬리를 문다. 원시 부족이 이곳에 살며 자연을 풍미하고 어로와 사냥을 하며 바위에 그림을 남겼던 대곡천, 아득한 예나 지금이나 이 골짜기는 인간에게 주어진 위대한 자연의 유산이니 아끼고 보호해야겠다.

■

국민건강과 산림자원

십여 년 전까지만 해도 건강에 좋다는 매실나무를 많이 심었다. 몇 해가 지나자 농가에서는 열매 소득으로 솔솔한 재미를 보았다. 지금은 지천으로 심어진 매실나무로 가격이 폭락해 인기가 뚝 떨어졌다.

그 후로 웰빙 바람이 불어서 건강 특효라는 가시오가피, 헛개나무, 구지뽕, 무화과 등 수많은 약효성 나무들이 등장했다. 호기심에 저마다 한두 그루씩은 사다 심었다. 그것도 유행처럼 번지더니 몇 해 사이에는 블루베리, 아로니아, 동충하초 같은 강장식품 열매가 대세를 이룬다. 일찍 심은 나무에서 수확한 열매와 잎, 줄기로 건강식을 해보아도 별 다르게 효능이 있어 보이지 않는다. 공연히 적잖은 돈푼만 낭비한 게 아닌가 하는 생각에 이른다.

예부터 예순에는 나무를 심지 않는다는 육십불종수六十不種樹란 말이 있다. 나무를 심는다 해도 나이가 많아서 목재나 열매를 기대하지 못한다는 뜻이다. 하지만 송유木兪란 사람은 고희연 때 감자(柑子: 밀감) 열매를 선물 받고 그 씨를 갈무리 했다가 봄이 되자 심었다. 주위 사람들이 송유를 비웃었다. 10년이 지나자 열매가 맺어 따먹고 10년을 더 살다가 죽었다. 이보다 더 한 황흠黃欽은 80세 때 하인을 시켜 뒤뜰에 밤나무를 심게 했다. 이를 본 이웃이 "연세가 많으신데 너무 늦은 게 아닙니까?" 했다. 황흠은 개의치 않고 "관여 말게 자손에게 물려줘도 상관없지 않는가?" 그 후 황흠은 10년도 더 건강하게 살았으며, 달린 밤을 따서 그때 늦다고 했던 이웃에게 밤 맛을 보여주며 "자손들을 위해 심었더니 날 위한 나무가 되어버렸다"라고 했다.

사람들이 아무리 많은 나무를 심고 건강식품을 만들어 주는 열매나무를 심어도 나쁠 것은 없다.

신토불이, 한반도 어느 곳이든 우리 땅에 심는 어떤 과일나무는 그 맛과 효능이 탁월해 어떤 나라의 수입 과일보다 월등하다. 해마다 나무와 과수를 심는 일은 국민건강과 산림자원의 부국이 되는 원동력이 된다.

윤주홍

01 거지도 직업
02 너, 까불지 마

작가소개

1990년 제61회 『월간문학』으로 등단. 기독교수필문학회 부회장, 대표에세이 전국회장
역임, 한국수필가협회 이사, 국제PEN클럽 회원. 수필집 『어느 달동네의사의 작은 소망』
『낙조에 던진 사유의 그물』. 동포문학상, 한국수필문학대상, 장로문학상, 서울시민대상,
펜문학상 수상

거지도 직업

　　진료를 받고 나가던 환자가 옷을 갈아입는다. 깔끔한 노신사가 허름한 거지 옷으로 치장을 하면서도 거리낌 없다. 배역에 알맞은 의상을 차려입고 무대에 오르는 배우인 듯 현관문을 나선다.

　　꼼꼼히 건강을 챙기는 신사이다. 달에 한두 번은 내원하는 70세 노인은 오늘도 혈압강하제를 처방받아 나가며 하는 소행이 궁금하여 차 한 잔을 권했다. 조심스럽게 갈아입은 옷은 어찌된 일이냐 물었더니 '체면을 파는 행상꾼' 곧 직업이 거지인 까닭에 직업 수행상 갈아입는 작업복이란다. 이주 태연하게 병원 문을 나서면 바로 구걸은 시작되고 지하철역 앞을 지나 고개를 넘어 대학교 앞에 가서야 그래도 수입이 좀 높아진단다.

　　아직도 학생들의 마음이 순수한데 혹 사람은 재수 없어 하고, 한참 지나쳤다가 백 원을 먼저 주고 가는 사람, 본 척도 하지 않고 지나가는 사람이 대부분이지만 천 원 지폐도 공손히 놓고 가는 어느 신사분에게는 고개를 깊이 숙인단다. 어느 날은 서울역에서 동정을 구걸 하는데 "이 늙은이가 여기가 어딘데 손을 벌리고 있어, 얻은 것 다 놓고 가!" 하더란다. 알고 보니 이 직업에도 영역이 따로 있어 그렇게 수월한 것은 아니란다.

전철로 한강을 건너 용산역에서 서울역까지 하루 일차 작업을 끝내면, 인심이 옛날 같지는 않아도 순대국밥에 막걸리 한 잔으로 늦은 점심을 때울 수 있단다. 기분에 따라 남대문을 돌아서 명동시장까지 돌면 손자들에게 중국집 호떡을 사 들고 들어갈 수 있다는 그의 멜빵 가방 속에는 나비타이 신사복이 개켜있다. 아무리 직업이 분업화되었다 치더라도 거지직업은 좀?

한때 족보 제책소에서 근무한 바 있는 그는 한문과 상식에 유식하다.

어느 날 어느 젊은이가 지나가는 자기에게 손을 내밀더란다. 그날 이후로 아무 말 없이 손만 내밀어도 줄 사람은 주더란다. 세상을 달관한 듯 거침없이 작업복(거지 옷)으로 갈아입고 체면을 팔러 현관을 나서는 행상꾼에게 오늘은 지팡이가 들려있었다.

너, 까불지 마

오후다. 산책길 산 입구에 두 중년이 서로 으름장을 놓으며 다투고 있다.

"꾸어간 돈을 일 년도 넘게 안 갚는 일이 잘하는 일이냐? 이자도 안주면서" 따지자 "너, 까불지 마, 죽는 수가 있어!" 목소리가 크다. 잘못은 본인에게 있으면서 법보다 주먹을 앞세워 위협을 하고 있다.

힘의 논리를 생각하게 한다. 진실을 힘이 누르는 것이다. 잘못된 강자의 힘이 옳지 않게 작용하는 현 사회의 모순을 보는 듯 했다.

이런 우화가 있다.

토끼가 숲 오솔길을 가다가 늑대를 만났다. 겁을 먹은 토끼는 나무 위로 올라갔다. 늑대에게 제발 살려 달라 애원을 하자 늑대는 내가 문제를 낼 터인데 이를 맞히면 살려주겠고, 못 맞히면 죽이겠다고 했다.

"내가 너를 어떻게 할 것 같으냐?" 늑대가 물었다.

"잡아먹을 것 같다."라고 토끼는 말했다.

늑대는 흠칫 놀랐다. 논리적 모순에 빠졌다. 토끼가 정답을 말한 것이다. 논리적으로는 잡아먹을 수가 없게 되었다. 그러나 잡아먹지 않으면 배가 고픈 것이다. 토끼는 나무에서 내려와 의기양양하게 걸어갔다. 그런데 늑대는 토끼의 목덜미를 덥석 물었다.

"이것은 약속 위반이에요. 분명히 내가 알아맞혔는데." 토끼는 항의했다. 늑대는 아랑곳없이

"널 잡아먹고 말고는 내 마음대로다"

세상에는 갖가지 힘이 작용한다. 권력, 금력, 다수의 힘, 심지어 힘없다는 힘이 강자로 행세한다. 진실보다 눈앞의 힘이 강한 것이다. 주먹 앞에 힘 못 쓰는 정의, 언제 늑대로 변신할 현실이 내 앞에 어떤 힘으로 나타날지 모르는 세상 인심을 조심하듯 살피며 산길을 걷는다.

이은영

작가소개

1990년 『월간문학』 수필 등단, 2012년 『문파문학』 시 등단. 한국문인협회, 한국수필가
협회 회원. 서울찬가 최우수상, 동포문학상 수상. 수필집 『이제 떠나기엔 늦었다』.
3050rose@hanmail.net

우이암을 내려오며

아들 식구가 얼굴만 잠깐 보여주고 저들 갈 길로 떠난 추석 날, 적막과 외로움이 몰려드는 시간이다. 옛날엔 우리 이러지 않았는데 명절은 왜 이리도 외로운가. 어머니 아버지와 함께한 고향의 명절, 우리 육 남매가 모두 모여 맛있는 엄마의 음식을 먹고 희희낙락 입 모아 이야기 하며 온 가족이 화투놀이나 윷놀이도 하고, 얼마나 즐거운 명절이었던가.

사위는 종손이라고 추석에 내 집에 온 적이 없고 추석이 지난 후에야 다녀가곤 한다. 아들과 며느리는 추석 되기 전부터 부담을 가지고 신경을 쓰는데 그 마음이 서로에게 스트레스라 명절이 아예 없었으면 좋겠다.

남편과 산에나 가자하고 지하철을 타고 도봉산역에 도착하여 산에 올랐다. 설익은 과일을 노상에서 파는 사람들을 지나면 먹자골목, 한국의 자연공원 입구엔 웬 먹거리 장사와 술집이 그리 많은가?

집 나간 며느리도 돌아온다는 전어철, 생선 굽는 냄새가 나에게는 조금

역겹다. 막걸리와 안주를 먹고 마시고 마냥 즐거운 사람들, 줄줄이 늘어선 등산복과 등산화 가게에는 세일이라고 써 붙여 역시 북적댄다. 사람들이 사고 팔고, 오만가지 잡상인과 등산객으로 발 디딜 틈이 없다.

"도토리를 가져가지 마셔요, 다람쥐가 먹는 식량입니다." 하고 써서 붙여도 소용없다. 사람들은 뭐 주워갈 게 없나 그저 기웃거린다.

계곡의 물은 오염되고 등산길은 기름짐이 없어 푸스스한 흙이 왠지 풋풋하지 못하다. 너무 많은 사람들의 발길에 지쳤나 보다. 사람들은 피하기도 어려울 정도로 스치고 부딪치며 지나간다.

나는 지금 산을 오르고 있는가? 왠지 호젓한 산길이나 숲길을 가는 것 같지 않다. 커피 한 잔의 여유도 쑥스럽고 싸가지고 간 간식거리 사과 한 쪽 먹는 것도 지나가는 사람들의 구경거리가 되는 기분이다.

그래도 산에 오르는 것은 아름답고 좋은 일이다. 힘겹게 조금씩 오르다 보면 나타나는 앞산의 봉우리가 소나무 가지 사이로 보인다. 내가 언제 이렇게 많이 올라왔나? 나 자신이 뿌듯했다. 이 맛에 산에 간다.

산에서 내려오는 길은 후회란 없다. 정겨운 꽃들을 마음에 안고 온 것은 오늘 나의 풍성한 수확이다.

내 생일에

어제는 내 생일이어서 전주에서 어머니와 딸네 가족, 동생들과 즐거운 시간을 갖고 선물도 받고 서울로 왔습니다.

오늘이 화이트데이라고 하네요. '일곱 수선화'가 제 생일 잔치를 해준다기에 나섰습니다. 거리에 봄꽃이 마치 나를 축하해주는 듯 하네요.

기분이 좋아 혼자서 셀프 촬영을 해봅니다만 요즈음 갑자기 살이 많이 찌고 얼굴이 좋지 않아 영 아닙니다. 그래도 오늘이 그리워지는 날도 있을 테니까요.

'봉주루'라는 이름 때문에 분위기가 유럽스타일일거라고 생각했는데 아니었습니다. 봉황 봉자에 술 주자, 다락 루자가 한문으로 써 있었으니 헤맬 수밖에요. 식사에 곁들인 와인, 후식 맛도 좋았으며 서비스도 만점이었습니다. 그래서 팁이 좀 나가긴 했지만.

꽃다발과 케이크가 너무 예뻐서 집으로 가져가려고 꽃과 사탕 등 선물을 받아들고, 화이트데이의 달콤함에 빠져있는 젊은 사람들 틈에서 나도 당당하게 걸었습니다.

발렌타인데이, 화이트데이, 생일, 결혼기념일 등 우리 생활 속에는 기념일이 종종 있습니다. 절절한 사랑이나 그리움, 열정적 시간들이 내 앞에 사라진 건 오래전인 것 같습니다. 그러나 내 이름과 생일을 기억해주는 또 다른 이름들이 있다는 것은 행복이며 보람입니다. 내가 그들에게 기쁨을 줄 수 있다는 것도 삶의 의미입니다. 꼭 기념일이나 생일이 아니더라도 고마움을 기억하고 감사의 표현을 할 수 있다는 것은 우리 살아가는 날들을 더욱 가치 있고 행복하게 해줍니다.

"선생님 우리를 위해 세상에 태어나 주셔서 감사합니다."

"우리의 곁에 기쁨이 되어주셔서 감사합니다."

과분하지만 이런 편지를 읽으며 태어났음이, 살아있음이 감사했습니다. 태어났음도 중요하지만 잘 살아가는 것, 잘 헤어지고 사라져가는 일은 더욱 중요한 것 같습니다. 태어났을 때 이미 우리의 죽음은 예비 되어있고 예견된 삶 속에서 공포감으로 자리하고 있습니다.

축복과 기도 속에 잘 태어나고, 자나 깨나 부모와 사랑하고 아끼는 분들의 기도로 잘 살아가고 있음 또한 축복입니다. 또 한 번의 생일을 맞을 때마다 느끼는 건, 살아있다는 것은 승리입니다. 자폭의 테러와 기근과 전쟁, 지진과 범죄 속에서 우리가 살아있다는 것은 기적이며 놀라운 승리입니다.

오늘에 감사하며 태어난 의미를 위해 더욱 알차고 보람 있게 잘 살고 싶습니다.

안윤자

작가소개

한국문인협회, 국제PEN클럽, 가톨릭문인회 회원. 한국의학도서관협회 이사, 편집위원장, 대표에세이회장 역임. 『벨라뎃다의 노래』『서울의료원 30년사』『경동제약 30』

편지

　참 옛날 얘기 같기도 하다. 어릴 때부터 나는 편지쓰기를 좋아했다. 연말연시 크리스마스 시즌이 되면 국군장병 아저씨에게 위문편지를 보내는 게 그 시대 초중고교의 연례행사였다. 수업시간 한 시간을 통째로 학생들은 열심히 편지를 썼다. 붉은색 줄이 쳐진 편지지에 깨알처럼 써 내려간 그 위문편지에 답장이라도 오면 더할 수 없이 기뻤다.

　겨울방학이 다가오던 12월. 그해는 파월장병에게 위문편지를 보냈다. 그런데 뜻밖에도 우리 학급에서 나에게로만 답장이 날아왔다. 빠강색 장미꽃이 인쇄된 고운 크리스마스카드였다. 거의가 민속화인 국산 카드만을 보다가 미제 특유의 매끈한 카드를 받고 신기했던 기억이 난다.

　더욱 놀라운 것은 발신인이 주월 한국군사령관 채명신 장군이었다는 점이다. 흰 속지에는 태극기가 꽂힌 집무실 책상 앞에서 군복차림으로 앉아있는 장군의 사진 아래 축하문과 친필 사인이 적혀 있었다. 최초로 외국에 파병된 베트남 전선의 그 유명한 총사령관님이 내가 쓴 위문편지를 읽고 예쁜 카드를 보내주신 것이다.

수많이 배달된 위문편지 행낭 속에서 운 좋게 사령관님의 책상에까지 올라갔으리라. 여하간 그 특별한 답신을 받은 이후로 채명신 장군 이름을 나는 평생 잊지 않았다. 몇 해 전에 돌아가신 채 장군님은 국립현충원 장군묘역을 마다하고 무명의 파월장병들이 잠든 사병묘역 부하들 곁에 묻히셨다. 월남에서 전사한 부하들을 평생토록 잊지 않으셨다는 참 군인의 표상이었다.

그 후로도 나는 편지를 많이 썼다. 육군사관생도였던 오빠에게, 또 오빠의 선배로 별 세 개, 삼성장군까지 올라간 강신육 오빠에게도, 누구보다 법정 스님과는 오래 편지를 주고받았다. 스님은 언제나 화선지에 그분 특유의 필체로 답장을 보내주시고는 했다. 이를테면 편지로 정이든 사이였다고나 할까. 태평양을 건너 펜팔로 연모한 우정도 있었으니 돌이켜보면 편지쓰기는 나의 유일한 사교였던 셈이다. 그리고 훌륭한 습작이었다. 한 통의 편지를 완성하기까지 마음과 문장을 헤아리고 가다듬었기 때문이다. 거기가 바로 내 문학의 출발점이 아니었을까.

책을 사는 마음

책을 한 보따리나 사 들고 귀가했다. 모처럼 서점에 들러 신간도 살펴보고 대형서점이 주는 분위기에 간만에 편승해보고 싶었다. 은수자처럼 파묻히기를 좋아하는 나로서는 올여름의 이 지독한 폭염을 뚫고 끈적거리는 거리로 나선다는 게 여간해 먹은 맘이 아니다.

강남고속터미널에서 반디앤루니스로 가려고 에스컬레이터를 막 올라탔는데 왼편으로 '한 권에 천 원'이라 붙은 표지가 눈에 들어왔다. 천 원짜리 책! 계단 꼭대기에서 도로 내려와 곧이 그 서점으로 들어갔다.

카운터에는 60대 중년쯤의 남자가 구식 선풍기를 틀어놓고 졸고 있었다. 그러거나 말거나, 이 싼 책값이 웬 떡이란 말이냐. 탐욕스럽게 책을 골랐다. 들고 다니면서 읽기 딱 좋은 순 컬러본의 소책자가 겨우 이천 원, 세 권에 만 원 하는 2012년 출판본도 있었다. 그리고 50% 디스카운트로 칠천오백 원짜리가 된 『명화와 함께 읽는 구약성경 이야기』는 얼마나 수지맞

왔나. 여덟 권이나 되는 책값이 이만 오천오백 원이라니! 졸다 깬 책방 주인은 알아서 오백 원을 더 깎아주었다.

횡재 했다, 분명히. 하지만 마음 한쪽이 왜 그리 서늘하던지. 불과 삼사 년 전에 출간된 책들마저 종잇값도 못되는 헐값에 처분되고 있는 현장이 쓸쓸했다. 어느 책인들 글을 쓴 저자의 입장에선 얼마나 귀하고도 귀한 분신들이랴. 그 간이서점에서 골라온 책들 속에는 제임스 앨런의 『조화로운 영혼』과 찰스 램 수필선, 윌리엄 조던의 『평온』이라는 명서도 있다.

냉방으로 너무도 시원한 시내버스에 흔들리며 돌아오던 내내 이 책의 저자들에게 고맙고 또 미안했다. 동병상련의 심정이었으리라. 뇌수가 마를 지경으로 혼신을 다해 집필했던 나의 저서들은 저만도 못한 대접을 받다가 폐기처분 되었을 것이다.

도서관은 내게 평생의 직장이었다. 날마다 책더미에 파묻혀 살아온 인생에서 책은 삶의 방편이었고 도구였으며 길이 되어주었다. 오늘도 하릴없이 글줄이나 끄쩍거리고 있으니 책은 나와는 떼려야 뗄 수도 없는 필생의 반려요 동반자인 것이다.

김사연

01 개지추介之推와 한식寒食
02 인생살이와 과유불급

작가소개

1991년 『월간문학』 수필 등단. 인천문협 이사, 전 학산문학 편집위원, 전국약사문인회
경인지부장 역임. 한국수필문학상, 한국문협작가상, 제1회 약국수기 특별상 수상. 수필집
『그거 주세요』『김약사의 세상 칼럼』 외 3권. sayoun50@hanmail.net

개지추介之推와 한식寒食

중국 태항산은 험준한 산맥이며 아시아의 그랜드 캐니언으로 불린다. 화베이 평야와 황토 고원의 경계를 이루며 춘추전국시대부터 군사적 요충지다.

태항산은 19세기에 철과 석탄 등 지하자원이 개발되어 억만장자들이 생기기 시작해 면산綿山은 개인 소유가 되었다. 중국 팔로군과 일본군이 이곳에서 치열한 전투를 벌인 것도 지하자원 때문이었다. 현재는 관광지로 더 알려져 있어 격세지감을 느끼게 한다.

우공이산愚公移山이라는 고사는 태항산에서 생겼다. 삽과 괭이로 산을 파 옮기려는 사람이 어리석게 보이지만 인내심과 노력으로 오직 한 우물을 파는 사람이 성공한다는 뜻이다.

면산엔 춘추시대 진晉나라의 은사隱士 개지추介之推의 묘가 있다. 청빈 낙도의 삶을 산 그는 묘지마저 초라했고 그 덕분에 아직까지 도굴을 당하지 않고 보존되어 오고 있다.

개지추는 진문공晉文公이 망명 생활을 할 때 19년 동안 모시며 자기의 다리 살을 베어서 먹일 정도로 충성심을 보였다. 진문공은 진목공秦穆公의 도움을 받아 진나라 왕위에 즉위했고 그를 따르던 무리들은 귀국길에 올랐다.

본국으로 돌아가며 그들은 과거의 쓰라린 기억을 잊어버린 채 그동안 소중히 간직해 왔던 누더기와 쪽박을 모두 강물 속으로 던졌다. 이 모습을 지켜본 개지추는 어려웠던 과거를 쉽게 잊는 사람은 행복을 논할 자격이 없다고 개탄하며 낙향을 했다.

진문공은 그를 따르던 무리들에게 논공행상을 가려 보은을 했지만 깜박 잊고 개지추에게는 봉록을 주지 않았다. 개지추는 시시비비를 따지지 않고 늙은 어머니를 모시고 면산에 들어가 은둔 생활을 했다.

진문공의 측근들은 국가와 백성의 안위보다 일신의 영달에 혈안이 되어 민심은 이반되고 국가 재정은 고갈되어 갔다. 뒤늦게 자신의 과오를 깨달은 진문공은 개지추를 찾았지만 그는 응하지 않았다.

문공은 산에 불을 지르면 효심이 지극한 개지추가 노모를 업고 산속에서 나오리라 여겼으나, 두 모자는 끝내 세상으로 나오지 않고 함께 타 죽었다.

문공은 이들의 장례식을 성대하게 치러주고 자신의 어리석음을 한탄하며 개지추가 타 죽은 날을 추념하기 위해 이날만은 온 나라가 불을 피우지 않도록 했다. 결국 백성들은 찬 음식을 먹었고 이것이 음력 3월 5일, 한식寒食의 유래다.

인생살이와 과유불급

상상도 하지 못한 일이 일어났다. 정성을 다해 가꾼 농작물이 시름시름 말라죽고 있는 것이다. 예년처럼 올해도 농협에서 구매한 퇴비 거름을 준 후 각종 채소 모종을 심고 틈만 나면 관정 모터를 돌려 지하수를 뿌렸다. 이때까지만 해도 모종은 하루가 다르게 줄기를 뻗었다. 사건은 활터에서 농사에 대해 귀동냥을 듣고 비료를 준 후부터 시작되었다.

어느 날, 농사에 한참 선배인 친구는 비료를 주면 열매가 전보다 훨씬 크고 많이 달릴 것이라고 조언해 주었다. 남동농협 영농교육 때, 토질을 보호하기 위해서 가능하면 비료나 제초제를 뿌리지 말라고 해 퇴비만 사용해 왔는데 갑자기 마음을 바꿔 원두막 창고 한구석에 보관해 온 비료를 꺼냈다.

물론 비료 덕을 본 과실수와 옥수수도 있지만 친지들과 나눠 먹기 위해 가장 공을 들여온 참외, 수박, 오이는 절반이 고사했다. 과욕이 빚은 참사였다. 판매용이 아니라 이웃과 나눠 먹기 위한 농사인데 열매가 크지 않으면 어떻고 결실이 많지 않으면 어떠리.

수년 전, 가을에 심은 감나무 묘목 130그루 중 다섯 그루만 남고 모두 동사한 것도 원인은 과욕 때문이었다. 묘목 중 절반은 죽을지 모른다는 추측으로 좁은 면적에 130그루나 심은 것부터 계산 착오였다.

만에 하나 감나무가 모두 살았다면 기지개를 펴는 나뭇가지가 서로 얽혀 제대로 성장도 못 하고 강한 바람이라도 불면 상호 마찰로 인해 화재가 발생했을지도 모른다.

가을에 심은 감나무 묘목은 추위에 약하다고 해 수도 파이프 보온용 스티로폼으로 꼼꼼히 감싸주었고 그 덕분에 무사히 겨울을 넘겼다. 5월이 되어 날씨가 풀리자 서둘러 스티로폼을 제거했다. 한데 뒤로 넘어져도 코가 깨진다는 속담처럼 그 이튿날 갑자기 기온이 내려가 냉해가 덮쳤다.

올가을부터 감을 따려면 가지를 햇볕에 노출시켜야 하고 그러기 위해선 하루라도 빨리 겨울옷을 벗겨야 한다는 욕심과 서두름을 후회했지만 이미 엎질러진 물이었다. 농사엔 게으름도 한몫한다는 옛 어른들의 말씀이 가슴에 와 닿았다.

30여 년 전부터 시작한 국궁의 활시위를 당기다 보면 과유불급을 피부로 느낄 때가 자주 있다. 국궁國弓을 궁술弓術이 아니라 궁도弓道라고 하는 이유는 정신 집중을 기본으로 삼기 때문이다.

궁도의 가르침인 궁도 구계훈이나 집궁 제 원칙에 기록되지 않고 구전되어오는 내용 중엔 '4중 끝에 불不'이란 말이 있다. 한 순巡에 화살 5대를 차고 나가 4대를 과녁에 관중시키고 들어오면 다음 순에는 1대도 못 맞춘다는 뜻이다. 직전에 4중을 했으니 이번엔 5중을 해야겠다는 욕심 때문에 어깨가 경직되어 화살이 좌우상하로 빠지다 보니 결국 불(0중)을 쏘는 것이다.

이 말은 경력이 많은 고수들에게 적용되지만 중급의 경력자들에겐 '선3 후2난'이란 말이 적격이다. 화살 5대 중 3대를 연거푸 맞히면 나머지 2대는 맞히기 힘들다는 뜻인데 5중을 하겠다는 욕심이 생겨 요즘 말로 심쿵, 즉 심장이 쿵쾅거리며 요동치기 때문에 4번째와 마지막 화살은 빗나가게 마련이다.

궁사가 마음을 비우고 편한 마음으로 활시위를 당길 때 과녁은 넓은 가슴으로 화살을 포근히 안아주며 과유불급의 의미를 속삭여 준다.

과유불급! 지나침은 부족함만 못하다는 그 뜻을 모르는 사람은 없지만 마음을 다스림은 쉽지 않은 말이다.

대표에세이

정인자

작가소개

1991년 『월간문학』 수필 등단. 한국문인협회, 남도수필 회원. 대한문학상 수상. 수필집 『해 돋는 아침이 좋다』. jijydh@hanmail.net

■

셀카

 스마트폰 장점 중 하나는 별다른 기술 없이도 사진을 찍어 저장할 수 있다는 점이다.

 어느 날 불현듯 나의 민낯 사진을 찍고 싶었다. 얼마나 늙었는지, 여성스러움이 조금이나마 남아있기나 한지 궁금했다. 한껏 뻗은 오른손 안의 렌즈를 향해 '김치'하며 미소를 지어본다. 실오라기 같은 기대를 걸며 갤러리의 사진을 확인한 순간, 아! 단말마斷末魔와 같은 신음이 터져 나왔다. 손자 손녀들의 할머니란 호칭엔 나름대로 자긍심마저 가졌는데 지금 마주하고 있는 이 추한 노인은 누구란 말인가. 얼마나 마음 관리를 잘못하고 살았으면 실제 나이보다 훨씬 늙어 보인다. 칙칙한 피부, 자글자글한 주름, 깊게 패인 내 천자, 볼따구니 사이로 흘러내린 팔자주름, 퇴색해버린 눈썹을 보며 진즉 문신이라도 해둘 걸 하는 후회가 돌개바람처럼 인다. 날마다 들여다본 거울 속의 나는 허상이었단 말인가.

이후 민낯 사진은 절대 찍지 않기로 했다. 그렇다고 셀카를 포기한 건 아니었다. 분단장을 하고 찍은 사진은 바늘귀만 한 위안을 안겨주었다. 화장이란 특권을 지닌 여자로 태어난 게 천만다행이었다. 아무도 없는 엘리베이터 안에서도 찰칵, 도둑고양이처럼 꽃그늘에 숨어들어 찰칵, 선무당처럼 방안을 빙빙 돌며 찰칵, 혼자만의 쇼가 무궁무진하다. 어느새 나는 셀카 중독자가 된 것 같았다. 사진을 찍다 보니 은연중 목적도 생겼다. 다름 아닌 영정사진 고르기다. 목적이 생기니 재미도 붙는다.

셀카를 좋아하는 사람은 자존감, 자기애가 강한 사람이라고 하던가. 맞는 말인지도 모르겠다. 죽음 직전까지 이르러본 사람이 아무래도 절실하게 생의 소중함을 더 깨닫지 않을까. 병고를 이겨낸 후 매 순간을 감사로 살고 있는 나 자신을 어찌 긍휼히 여기지 않을 수 있겠는가. 자신의 늙은 얼굴에 자주 눈도장 찍다 보니 긍정의 힘도 생겼다. 요즘 나는 사진 몇 장 골라놓고 고심 중이다.

정인자 수필 02

눈 내리는 날의 삽화

한 쌍의 청춘 남녀가 로맨틱한 영화를 보고 나왔을 땐 함박 눈이 펄펄 내리고 있었다. 그새 천지가 새하얗다. 첫눈이었다. 감격에 겨워 두 사람은 약속이나 한 듯 한참을 말없이 걸었다. 여자가 흘깃 남자의 옆모습을 훔쳐본다. 평소 그는 귀공자 타입이었다. 여자가 소리 없이 웃는다. 귀공자가 눈꽃을 뒤집어쓰고 있으니 영락없는 개구쟁이 미소년이 아닌가. 여자의 가슴에 갑자기 장난기가 발동했다. 여자가 걸음을 멈추고 남자에게로 몸을 돌린다. 그리고는 영화의 한 장면을 답습하듯 슬며시 까치발을 하고 남자의 목덜미에 키스를 했다.

오해의 발단은 그 입맞춤으로부터 시작되었다. 여자는 미련하게도 남자의 가슴 속에 숨겨진 연정을 눈치채지 못했고, 자신의 행동이 결국 기름을 부은 격이 되리라곤 짐작도 못 했다. 오로지 눈 때문에 빚어진 일이라며, 여자가 자신의 실수를 빌었을 땐 남자의 가슴에 대못이 박혔다. 어느 날 기습적으로 그에게 납치까지 당했다가 간신히 풀려나는 곤욕을 치르기도 했다.

위의 상황은 언젠가 여자가 내게 어렵사리 털어놓은 고백이다. 매사에 대범했던 그녀도 납치는 가슴을 쓸어내리는 일이었던 모양이다.

"바를 정^正자를 훈장처럼 달고 사는 넌 이런 나를 이해할 수 없겠지?"

아니, 십분 이해하고 있었다. 자유분방한 그녀의 젊음이, 순수하게만 느껴지는 그녀의 솔직성이 한없이 부러웠다. 냉가슴 앓는 일에만 길들여진 나도 수없이 깨부수고 일탈하는 꿈을 꾸지 않았던가. 그때 그녀는 여대생이었고 나는 직장인이었다.

나이 들어 종교인이 되어 가끔 묻는다. 상대방을 착각 속에 빠뜨리는 행위도 죄가 될까? 모든 인간관계가 수학 공식처럼 정확하게 풀리고 답이 나온다면 애초 이 세상엔 희극도 비극도 존재하지 않았으리라. 기이한 건, 그녀가 만용(?)을 부렸던 눈 내리는 날 그 풍경이 내 추억 속에 아름다운 영상으로 자리하고 있다는 사실이다. 그러다가 함박눈이라도 펑펑 쏟아지는 날이면 시네마스코프로 화려하게 부활한다. 세월을 잊은 채, 주인공들은 언제나 청춘이다.

박영덕

작가소개

1992년『월간문학』수필 등단. 한국문인협회, 국제펜클럽, 수필문우회 회원, 광주문인협회 수석부회장, 용아문학회 부회장, 계간『대한문학』편집국장, 한국문학사 편찬위원, 예술광주 편집위원, 어등골문화 편집위원. 광주예총문화예술대상, 현대그룹문학상, 광주문학상, 대한문학상 수상. 수필집『달개비꽃에는 상아가 있다』, 공저『우리들의 사랑법』등. pyd9602@hanmail.net

양림동 골목길에서

　　가쁜 숨 몰아쉬며 자꾸만 넓어지는 길 속에 살다 보면 문득 옛 풍경 속의 길이 그리운 날이 있다. 그럴 때마다 세상에서 몸을 숨기듯 나는 이 골목으로 숨어든다.

　　부모님에게 야단맞고 밖으로 뛰쳐나와 웅크리고 앉아 있던 길, 사춘기 시절 무슨 이유에선지 눈물을 뚝뚝 떨구며 걷다가 마주친 대학생의 안쓰러운 눈빛에 위로를 받았던 길. 흙냄새 사람 냄새 폴폴 나던 기억 속의 그 골목길들이 아슴한 추억의 강을 건너와 모두 여기에 살고 있다. 천천히 걸으면 황홀한 속살마저 선뜻 보여주며 조금 늦어도 괜찮다, 기다려 주는 길. 양림동 골목*에 든다는 것은 브르통의 말처럼 시간을 그윽하게 보낼 수 있는 한 가지를 얻는 것이다.

　　이젠 하얗게 타버린 연탄도 구슬치기하는 아이들의 웃음소리도 없다. 기껏해야 시름없이 피고 지는 능소화 몇 송이와 자식들을 기다리는 노인들의 목마름이 있을 뿐. 그러나 한낮의 조용한 골목엔 아직도 스치는 풍경들로 가득하다. 누군가 지나다닌 발자국도 보이고 바쁜 발걸음이 안도했을 숨과 쉼의 흔적들도 곳곳에 스며들어 있다. 나무에 시간이 쌓이면 나이테가 되고 기억에 시간이 쌓이면 추억이 되듯이 골목에 시간이 쌓이면 세월의 더께 위에 느림이라는 풍경을 만든다.

이 골목을 걷다가 알게 되었다. 골목을 걷는 속도가 바로 인생을 걷는 가장 알맞은 폭이라는 것을. 내 인생의 시간도 딱 두리번거리기에 좋을 정도의 보폭이기를 바라며 이 골목길이 원래 그 자리에 있던 것들의 생각을 간직한 채 오래도록 머물러 주기를 염원하는 마음 가득하다.

* 광주의 근대 100년 역사와 문화 흔적이 살아 있는 양림동 골목은 '양림길'이라고도 불림. 근대 문화유산의 보물창고이며 시간을 걷는 길이다.

제발

귀뚜라미 소리가 요란한 걸 보니 어느새 가을, 이 해도 얼마 남지 않았다는 뜻이다.

연초 '예술인복지법' 개정안이 국회 본회의를 통과했고 '한국문화예술인재단' 이사장에 이문열 소설가가 임명되었다. 문학인들에게 특히 낭보가 아닐 수 없었다.

예술가가 되겠다는 결심은 아주 작은 가능성에 자신의 평생을 거는 위험한 내기이다. 문학을 보더라도 재능이 있어도 걸작을 쓴다는 보장이 없고 걸작을 써도 세상이 알아주지 않는 경우가 허다하다. 웬만큼 평판을 얻어도 예술로만 밥벌이하기란 그리 녹록한 일이 아니다. 평생 가난한 삶을 꾸리기에 십상이다. 죽은 뒤 큰 명성을 얻는 경우도 있지만 두보의 시 '이백을 꿈꾸다'의 마지막 구절은 모든 예술가의 마음을 아프게 울린다.

그대 이름은 천년의 가을 만년의 세월에 남겠지만
몸이 사라진 뒤의 일이니 허무하도다.
千秋萬世名(천추만세명)
寂寞身後事(적막신후사)

그럼에도 불구하고 예술의 여신 그 자태를 엿본 사람들은 결코 그녀를 잊을 수 없다. 보일 듯 보이지 않는 그녀를 찾아 평생을 헤맨다.

몇 해 전 촉망받던 젊은 시나리오 작가의 안타까운 죽음을 계기로 예술인복지법이 제정되고 이어 예술인 복지를 전담하는 기관인 한국예술인복지재단이 설립됐다. 세계 최초이고 유일하다. 이렇게 법과 제도가 확충되고 있으니 국민의 적극적인 지지를 끌어내는 일에 모든 예술인은 힘을 모아야 할 때가 아닌가 싶다. 나와 내 가족이 문화예술로 인해 더 행복한 삶을 누릴 수 있다면 그 누구도 예술인 복지정책을 반대할 사람은 없을 것이라 믿는다.

아깝고 아까운 젊은 예술인의 피가 스미어 만들어 낸 이 법이 부디 실효성 있는 현실로 나타나 모든 예술가들의 고달픈 삶에 든든한 지원군이 될 날을 손꼽아 기다린다.

대표에세이

작가소개

1992년 『월간문학』 수필 등단, 2003년 『좋은문학』 시 등단. 강동문인협회 회장. 국제펜
클럽, 한국문협, 한국수필가협회 이사. 선사문학상 수상. 수필집 『또하나의 시작』 외 논문
집. 2000yny@hanmail.net

윤영남 수필 01

도랑물의 고백

깊은 산속입니다. 산골소녀처럼 계곡에서부터 길을 찾아 왔어요. 그냥 아래로 흘러온 것이죠. 재잘대던 친구들도 어디로 간 듯해요. 서로 다른 갈래였나 봐요. 아무도 가보지 않은 길. 마냥, 처음 길을 흘러온 것입니다.

때때로 졸졸 노래도 했어요. 알콩달콩 싸움질도 기억나네요. 때론 돌부리에 걸려 빙빙 돌기도 했어요. 다른 친구들보다 조금 늦은 길이지만 그때마다 하얗게 앞니를 드러내며 웃었지요. 망설일 수는 있지만 멈출 수는 없었으니까.

무척 진한 사랑을 했는데 미움도 컸음을 고백합니다. 왜 사랑만 할 수 없을까. 고민도 했고 아픔도 겪었답니다. 결국 사랑의 크기만큼 상처의 크기도 같다는 것을 배우면서….

거꾸로 치며 오르고 싶기도 했어요. 남들은 기묘하게도 재주를 잘 부렸어요. 그때는 좀 부럽기도 했지만 내 속에 어쩔 수 없는 순리와 순함도 흐르고 있음을 확인하며 기뻤답니다. 재주가 전부는 아니잖아요. 순리대로 흐를 수 있다는 것이 얼마나 아름다운 길인가요.

무서운 절벽도 만났어요. '여기가 끝이구나.' 하면서 소리 없는 절규를 한 적도 많았답니다. 그땐 정말로 죽는 줄만 알았는데 지나고 보니 흘러온 길 중에 한 모퉁이가 되었음도 알았습니다. 아슬아슬한 묘미도 홀로 느꼈답니다.

오늘도 친구들과 함께 흐르며 배웁니다. 강으로 가는 길을 찾습니다. 머지않아 바다도 닿겠지요. 엄마는 내게 "바다는 어떤 물도 가리지 않는다." 라며 아주 까마득한 옛날부터 가르쳤어요. 저는 아직도 그 뜻을 모르지만 바다는 꼭 만나보고 싶습니다. 기분이 나빠도 금방 얼굴빛이 다르듯 흙탕물이 내게 다가오면, 총명한 척 했던 제가 둔탁한 모습이 될까 봐 자꾸 고개를 돌리곤 하니까요. 결국 도랑물의 옹졸함을 벗어나질 못했어요. 그래서 어젯밤도 울었어요.

남들은 제가 웃는 줄만 아네요. 하지만 좋아요. 이 모습 이대로, 사랑하며 함께 흘러가고 싶네요. 누가 저를 혼내지는 말았으면 좋겠어요.

■

다름도 숭고하다

'이웃종교스테이'란 행사에 참여를 했다. 종교가 이웃이 될 수 있을까. 의아했다. 한편 부끄럽기도 했다. 나의 신앙, 나의 종교도 잘 모르면서 친구가 좋다고 덩달아 강남 가는 꼴이 아닐까.

우리가 참여하는 첫 행사로 천주교 편을 택했다. 왜관수도원에서 2박 3일간 일정에 대한 두려움과 새로움의 설렘도 뒤섞인 채 일행의 물결에 몸을 실었다. 내 영혼조차도 낯선 곳으로 향하는 버스 안에서 떨리는 듯했다. 익숙함에서 벗어나 낯선 곳으로 떠나고 싶다고 얼마나 속으로 부르짖었던가. 괜한 후회도 약간씩 일렁거렸다. 약간은 초조했으니까. 조금은 강한 냉방 탓도 있었겠지만.

흰 옷의 사제들, 수사님들의 거룩한 미사는 참으로 엄숙했다. 전례의 숭고함을 느꼈다. 성당 안의 성화나 조각상이 생소했지만, 그 앞에서 손을 모으며 기도하는 모습은 누구라도 엄숙했다. 정적 그 자체였으니까.

전통과 보수, 개혁과 혁신의 서로 다름을 누군들 모르랴. 형식과 내용의 중대한 면모도 보았다. 시각과 관점의 차이에서 얼마든지 새롭게 발견할 수 있는 것들이 많았다. 물론, 유구한 역사의 흐름에서 잃음과 얻음도 많았으리라.

처음과 나중에도 다름없이 봉사하는 모습, 옷깃만 스쳐도 웃음이 번져올 듯한 평화스런 표정, 묵언 중에도 소통함을 느끼는 그 순간 저절로 우러나는 감사의 기도를 올렸다. 몰아지경, 진정 얼마만인가. 나도 모르게 소란스럽고 야단스러움에서 지친 영혼의 안식을 누릴 수 있었으니까.

이번 행사에서 '다름도 아름답다'라는 문화관광체육부의 슬로건의 현수막이 펄럭인다. 내 가슴에는 '다름도 숭고하다'하는 독백이 들려온다. 내가 머물고 싶은 자리에 앉을 때, 이제부터 참으로 감사하리라. 더욱 곤고히 나의 신앙을 온 몸으로 익혀보리라. 신행일치의 삶, 조용한 분별을 스스로 해본다. 틀림과 다름에 대해서.

박미경

작가소개

1993년 『월간문학』 수필 당선으로 등단. 내일신문 『미즈내일』 편집위원. 동포문학상, 월
간문학 동리상. 작품집 『내 마음에 라라가 있다』 『박미경이 만난 우리시대 작가 17인』
『50헌장』 외 다수. rose4555@hanmail.net

어느 오두막에서의 하룻밤

강원도 춘천시 서면 퇫골길 378번지.

나는 지금 그곳으로 떠난다.

마을버스가 하루 세 번 오가는 깊은 산골, '퇫골냇谷'에 들어서면 내 가슴은 아련해진다. 어제와는 다른 표정과 다른 마음, 다른 눈이 생긴다.

이곳에 예전의 닭장 터에 지은 오두막이 있다. 월든 호숫가 소로우의 오두막을 꿈꿨는지도 모른다. 6평 남짓한 공간은 나무의 껍질을 벗겨낸 피죽으로 지붕을 만들고 송판으로 벽을 댔다. 질감은 투박하고 솔향이 은은하다. 내부에는 그저 그런 책장과 난로, 침상이 놓여있다. 그러나 오두막 안에서는 창마다 그림 한편이 펼쳐진다. 콩밭이 보이는 '콩창', 문을 열면 하늘에 닿을 듯한 미루나무를 만질 수 있는 '미창',—세상의 어떤 창이 이렇게 아름다운 이름을 얻었을까. 오월의 고광나무 꽃은 나뭇가지에 하얀 레이스를 수놓은 듯하고 그 향내는 오두막을 뒤덮는다. 통나무 사다리를 타고 오두막의 지붕 위로 올라가 앉으면 세상 아무것도 바랄 것이 없다. 하늘과 산과 나무, 바람과 햇살 그리고 내가 하나의 풍경으로 머문다.

애초에 이 집의 이름은 '풀어집'이었다. 이 안에서는 모든 갈등이나 편견, 아픔, 고통이 풀어지기를 바라는 마음에서였다. 정화하는 곳, 풀어내는 곳, 털어내는 곳으로서의 상징이기도 했다. 서양에서는 오두막을 하나의 '숨통'이라고 한다. 풀어집에서 하룻밤을 자고 나면 그 의미를 알게 된다.

맑은 밤, 서늘한 공기를 마시며 오두막 뜨락의 밤나무 아래 앉는다. 까만 숲 위로 한꺼번에 천체가 나에게 몰려온다. 별세상이다. 하늘을 우러러 내게 묻는다. 이런 시간이 언제였던가. 나는 어디에 있었던가. 무엇을 위해 살았던가. 아름다움 때문에 홀로 울어 본 적이 있었던가.

당신이 누구시길래

주황, 그 고요하고 격렬한….

쇼 윈도우에 걸린 에르메스의 스카프에 나는 자주 매혹된다. 기품 있고 당당한 주황 빛깔에 마음이 끌리기 때문이다. 잘 익은 오렌지에 누가 금분을 살짝 뿌려 놓았을까, 버뮤다 핑크보다 덜 호사스럽지만 지는 노을처럼 현란하다. 그 황홀한 주황빛에 늘 매료된다.

유월의 능소화가 그러하다. 주택가 담장으로 꽃등처럼 불타오르는 주황색 꽃송이는 초록 덩굴과 어울려 한 여인의 강렬한 눈동자를 연상하게도 한다. 바람 한 점 없이 뜨겁고 고요한 여름 대낮에 요염하게 피어오르는 광경은 적막한 슬픔마저 내뿜는다. 능소화의 전설이 구중궁궐에서 임금을 기다리던 여인의 한으로 피어난 꽃이어서일까. 목련처럼 비루한 꽃잎으로 지지 않고 오만하게 피어나 마치 자결하듯, 아름다운 꽃송이째로 고독하게 땅에 눕는다.

초여름부터 시작되는 능소화의 점등은 마치 집집마다 불을 지르듯 숨 가쁘게 피어나고 시나브로 떨어진다. 나는 우리 동네에 핀 능소화를 따라 자주 배회한다. 한 빌라의 벽을 타고 올라가는 풍성한 꽃 더미를 따라가다 그 위의 하늘을 바라보게 되고 어울리지 않을 듯한 푸른 하늘색과 주황빛 의 놀라운 조화에 감탄한다. 천경자의 모자 쓴 여인이 가득 이고 있는 꽃 들의 아련하고 슬픈 감정을 만나기도 한다. 담장 바닥에 떨어진 도도한 능 소화의 목숨을 보며 한숨짓다가 어느 여름날을 보낸다.

꽃봉오리의 애타는 기다림과 만개한 꽃의 클라이맥스, 낙화의 아픔과 땅으로 돌아가는 꽃의 생애는 영원할 수 없는 사랑의 비극과 닮았다. 가끔 씩 지치도록 슬픔에 젖곤 하며, 이토록 능소화에 마음을 뺏기는 나는 전생 에 어떤 사랑을 한 것일까. 당신이 누구시길래 그 사랑의 감미로운 통증을 여전히 기억하는 걸까.

류경희

작가소개

1995년 『월간문학』 수필 등단. 한국문인협회, 국제펜클럽, 충북수필문학회 회원. 청주시
문화상, 연암문학상 대상, 청주문학상, 함께하는 충북대상, 지속 가능 발전 공로상 등 수
상. 『그대 안의 blue』 『세상에서 가장 슬픈 향기』 『소리 없이 우는 나무』 『즐거운 어록』.
queenkyunghee@hanmail.net

류경희 수필 01

어른이 없다

이십 대 초반으로 보이는 두 처자가 버스에 올랐다. 뒷좌석에 자리를 잡은 이들은 주위를 의식하지 않고 큰 소리로 대화를 나누기 시작했다. 지나치게 시원한 목소리 탓에, 일부러 들으려 하지 않아도 민망한 대화 내용들이 낱낱이 들어온다. 감탄과 교성을 섞어 어제 만난 찌질남에 대해 나름대로의 분석과 성토를 하던 그들은 이번엔 더 호탕한 소리로 통화를 시작했다. 통화에 취한 말투의 대부분이 욕설이다. 조폭 영화에 길이 들어 웬만한 욕에는 이미 적응이 되어 있는 귀가 움찔 오그라들 수준의 막말이 거침없이 터졌다.

한가한 낮 시간대라 버스 안은 장년층 정도의 어른들이 대부분이었지만 아무도 그들에게 주의를 주는 사람이 없었다. '너무 하는 게 아닌가' 하는 생각이 들었지만 그녀들의 행동을 말렸을 경우 백배 천배로 돌아올 후환을 감당할 자신이 없었다. 비겁한 어른들은 안 들리는 척, 안 보이는 척,

묵묵히 창밖만을 응시하는 수밖에 없었다.

　그때 낮고 굵은 남자의 목소리가 터졌다. "주둥이 닥쳐 이 년들아." 버스 안의 시선이 모두 목소리의 주인공에게 향했다. 안하무인인 처자들보다 두어 살 더 먹어 보이는 평범한 청년이었다. 난데없는 욕설에 잠시 말을 멈추었던 여자들은 상대가 별 위협이 느껴지지 않는 제 또래의 왜소한 청년임을 확인하자 손톱을 세우고 달려들었다. "웃기고 자빠졌네. 이거 미친 거 아냐" 여자들이 비웃음을 날리는 순간 청년이 자리에서 일어났다. 그는 여자들의 좌석에 성큼 다가가 한발을 좌석에 올려놓더니 다부지게 쥔 주먹을 들고 당장이라도 내려칠 자세를 취했다. "그래, 미쳤다. 어떤 년부터 맞아 볼래?" 남자의 기세가 심상치 않게 느껴졌던지 여자들은 바로 꼬리를 내렸다. "아저씨. 잘못 했어요. 가세요." 겁먹은 여자들의 사과를 들은 청년은 자신의 자리로 돌아가 앉으며 마무리 멘트를 날렸다. "어디서 함부로 떠들어." 더 이상의 불상사 없이 사태가 잠잠해지자 버스 안에 조용한 미소가 번졌다. 하나같이 속이 시원하다는 표정들이었다.

　어른이 없다고들 한탄한다. 어린 것들의 응석을 한없이 받아주며 호주머니나 여는 것이 어른의 역할처럼 돼 버렸다. 금지옥엽 떠받들어 키워진 아이들에겐 어른이 제 뒤치다꺼리나 책임지는 호구요, 물주 정도다.

　지난, 버스에서 일어났던 작은 소동을 다시 생각한다. 비굴하게 고개를 움츠리고 있던 승객들 속에서 분연히 일어나 잘못을 바로잡은 청년의 행동은 어떤 어른보다 어른스러웠다. 청년에게 잘했다는 말 한마디 하고 내릴 걸 하는 부끄러움이 인다. 버스 지나간 뒤의 늦은 후회다.

류경희 수필 02

처용의 혈액형

한 결혼정보회사가 미혼남녀들을 대상으로 '이성을 고를 때 혈액형이 미치는 영향'에 대해 설문조사를 했다. 조사대상자 열 명 중 일곱 명 이상이 연애 상대의 혈액형을 참고로 한다는 기이한 결과가 나왔다. 남성은 AB형, B형, A형, O형' 순으로, 여성은 B형, AB형, A형, O형 순으로 기피 상대를 꼽았다. 남녀 불문 AB형과 B형을 가지고 있다면 일단은 '냉큼 비켜나 열외로 나가주시지요'란 경고가 한눈에 들어오는 조사결과다.

이기적이고 바람둥이가 많아서 싫다고 미혼 여성들이 손사래를 친다는 B형 남자와, 조사결과로 연애 기피 대상 1호라는 것을 새로이 알게 된 AB형 여자들은 영문도 모른 채 뺨 맞은 꼴이 됐다.

끼지 않는 데가 없이 이곳저곳을 떠도는 혈액형의 특성이라는 것을 보면 교묘한 말장난이라는 것을 금방 눈치채게 된다. A형은 감수성이 예민한 완벽주의자이며 사소한 일에도 걱정이 많은 사람이라고 한다. B형은

대표에세이

활달하나 변덕스럽고 자기중심적인 사람으로, O형은 통이 크지만 고집이 센 사람으로 단정하고 있다. 기피 대상이라는 AB형은 어떤가. 예술성이 있지만 속을 짐작하기 어렵고 한 치 앞을 모를 사람이란다. 평범한 사람이 없어 아예 천재 아니면 바보라는 평도 있다. 세상 사람의 성격을 네 가지 유형으로 구분해 놓은 것도 코미디지만 누구나 양면성이 있는 법인데 너는 피가 그러니 이래야 한다는 식의 유아적 정의는 충분한 놀림감이다.

그 자체가 웃음거리인 혈액형 분류를 패러디한 혈액형별 대처법이라는 희화들 중, 예쁜 각시를 두고 혼자서 밤늦도록 노닐다가 집에 들어 자리를 보니 다리가 넷임을 발견한 처용의 혈액형 알아내기가 있다.

1번, 처용이 O형이라면 불문곡직 앞뒤를 가리지 않고 몽둥이를 휘두르며 방안으로 돌진한다. 2번, A형이라면 문고리를 잡고 떨다가 자책하며 운다. 3번, B형이라면 이성적으로 판단해 조용히 휴대전화를 들고 포도청에 전화한다. 4번, AB형이라면 문창호지에 구멍을 뚫고 몰래 훔쳐본다.

'본디 내 것이지만 빼앗긴 것을 어찌 하리요'라고 노래하며 덩실덩실 춤을 춘 처용이니 네 문항 중 마땅한 답이 없다. 굳이 고른다면 고통스런 상황을 쾌락의 감정으로 반대 전환한 AB형이 아니었을까. 혈액형에 대해선 그냥 이 정도에서 웃고 말자.

류경희

조현세

01 굽
02 죽었다 깨어나기

작가소개

1995년 『월간문학』 수필 등단. 한국문인협회 회원. (사)도시연대(걷고 싶은 도시 만들기 시민연대) 부이사장. 수필집 『마라톤과 어머니』, 전문서 『가로 환경계획 매뉴얼』.
cityboy982@hanmail.net

굽

굽이 없는 접시들을 포개놓으면 물기가 빠지지 않아 비위생적이다. 별 관심 없는 그릇 밑바닥이라지만 나지막한 받침이라도 붙어있어야 제격이다. 찰싹 달라붙어 있는 굽 없는 그릇들은 정연해 보여도 오염에 한 덩이가 된 셈이다. 작은 틈이라도 있어야 공기가 소통하고 나쁜 균이 번식하는 걸 막는다. 결국은 접시 하나하나 개체를 보호하는 게 굽의 역할이다.

이런 굽의 의미는 사람들 사이에서도 마찬가지다. 어느 정도 굽의 간극이 있음으로 서로의 사이를 더욱 돈독하게 해준다. 공기의 흐름정도의 틈새를 두는 관계가 정을 나누는 지혜다. 서로가 작은 틈을 벌려놓고 그 사이로 그의 뒷모습을 보는 순간도 있어야 한다. 뒤태까지 깔끔하고 아름다운 사람은 그리 많지 않다. 때로는 우리 사회에 남아있는 '우리가 남이가' 하는 동패의식이 불러일으키는 밀착 심리가 문제다. 자기만의 굽을 갖지 못하고 동류로 붙어있으려는 속내가 보이기 때문이다. 그래야만 불안이 해소되고 안심이 되는 세태가 오히려 위험을 부른다. 서로가 같은 형태로 똑같이 닮아가려는 집단이 많은, 굽도 없이 밀착된 동아리끼리 몰려다니는 사회는 다양성이 부족하다. 자기의 굽이 좀 높거나 낮다고 허둥대다 그 굽마저 깨뜨리는 삶이 얼마나 많은가. 굽이 닳으면 자신의 높이대로 갈아 끼우면 될 것을, 구태여 굽 없는 이들과 합류하려다 다른 이들까지 썩게 만든다. '초록은 동색이라'며 같은 무리가 몰려다니기를 부추기는 사회는 고인 물과 같다.

굽이 있듯 간극이 어느 정도 있는 사람과 사람 사이가 건강하고 아름답다. 굽은 서로의 관계를 유지시키는 지지대 역할을 한다. 알맞은 굽은 친구와 친구 또 부부사이의 예절과도 같다.

죽었다 깨어나기

저만치에서 '어서 골인하라'는 여성 회원의 손짓이 마지막 영상이다. 119구급대원의 붉은 옷과 다급하게 나를 깨우며 집 전화를 묻는 동호회 회장의 목소리! 어렴풋 의식이 돌아온 구급차 안의 첫 장면이다. 두 장면 사이의 짧은 9분 동안 천당과 지옥이 있었던 것 같다. 그 순간 무엇을, 누구를 보았는가, 어떤 색이었나? 질문에 털어놓기를 머뭇거린다. 무엇보다 죽었었던 시간을 허투루 흘려보내고 싶지 않다는 뜻이다.

동호인들의 심폐소생술 덕에 다시 살아가고 있다. 그들 아니었으면 나는 지금, 선산 한 귀퉁이에서 타들어가는 잔디 몇 줌의 평장 밑에 잠들어 있을 것이다. 49재도 지났고, 한철이 바뀐 셈이니 조문 와준 친지들에게조차 내 이름이 희미해질 시점이다. 다시 살아났으니 '죽어 봤었던' 경험의 오늘 이 순간이다.

주말 마라톤 동호인 모임에서 해장국 내기의 500m 집단레이스를 했다.

나이 탓으로 지고 싶지 않았다. 또 전날 새벽까지 잠 못 이룬 근심과 폭음한 찌꺼기를 날리고 싶어 그야말로 죽자 사자 달렸다. 10km 훈련 때 꼴지를 해도 당당했던 내가 '밥값 내기'에 목숨을 걸었던 것인가? 골인 몇m를 앞두고 돌장승처럼 팍 쓰러지자 혼비백산한 십수 명의 동호인들이 모두 달라붙었다 한다. 급격한 운동에 놀란 관상동맥이 막히자 심장이 멎고, 그대로 십여 분을 넘기면 뇌사상태나 사망으로 이어지는 절체절명의 상황이었다. 다행히 침착하고 일사 분란한 회원들의 응급 절차는 사경의 나를 기적처럼 소생시켰다. 신속한 119연락과 길 안내 담당, 바로 눕히고 심폐소생술을 네 명이 혼신의 힘으로 해내며 구급차에 인계했다. 한편에선 '이분을 꼭 살려 달라' 간절한 기도를 했던 여성 회원들까지, 마침내 사람이 사람을 살려낸 것이다.

훗날 119안전센터로 감사 인사를 갔다. 그때 신고 4분 만에 도착했다던 구급대장은 '적극적 심폐소생술 덕으로 살아난, 정말 천운을 타신 분'으로 어떤 재벌 총수보다 낫다고 엄지를 들어 올린다.

응급실을 거쳐 중환자실에 입원한 동안, 벽에 걸린 성경구절에 두 손을 모았고 시체안치실로 가는 앞자리 침상도 스쳤다. 그 후 각종 검사를 마치고 일반 병실은 잠시였다. 퇴원 후 숱한 회한과 감사 은혜는 종교에 대한 깊은 성찰까지 끌어내 주었다.

폭염이 기승을 부리던 지난 주말, 드디어 생환 백일잔치를 열었다. 당시 풍문으로 들었던 많은 동호인들까지 참석해 백일 떡을 돌리고 축배의 잔도 나눴다. 참으로 기적처럼 다시 얻은 삶이다. 배움과 베풂을 염두하며, 사는 길이 힘들고 지칠 때마다 의식불명 9분! 그 시간을 떠올릴 것이다. 그저 삶의 모든 것이 고맙고 감사한 이즈음이다.

대표에세이

김지헌

작가소개

1996년 『월간문학』 수필 등단, 전북일보 신춘문예 소설 등단. 수필과비평 문학상, 신곡
문학상, 광주문학상, 국제문화예술문학상 등. 수필집 『울 수 있는 행복』 『표면적 줄이기』
『그는 누구일까』 등, 소설집 『새들 날아오르다』, 논문집 『현대소설의 어머니 연구』 등.
kim-ji-heon@hanmail.net

■

눈웃음

"아니, 저 양반 아무데서나 웃으면 안 되겠어."

체면치레를 해야 하는 어려운 자리도 아니고, 마음공부 해보겠다고 모인 사람들이 모처럼 단합해보자고 저녁을 먹는 자리였다. 폭소를 터트리게 하는 대화 속에서 내가 참지 못하고 웃어대자 내 앞에 앉은 지인이 나를 가리키며 하는 소리였다.

그 순간 나는 두 손바닥으로 얼굴을 가렸다. 자신이 보인 반사적인 행동은 눈웃음치는 여성에 대해 관습적으로 표현하는 부정적인 이미지들이 튀어나왔기 때문일 것이다.

격의 없이 활짝 웃을 때 눈이 따라 웃는 것은 당연한 이치일 터. 상대의 눈치를 보며 웃는 것인지 아닌지 정체 모르게 흘리는 웃음에 비하면 얼마나 건강한 표정인가. 눈웃음치는 것이 상대를 유혹하는 표식이라는 말을 누가 했을까. 유혹당하고 싶은 남자였을까, 유혹하는 여자였을까. 눈웃음이 곧 유혹이라는 것의 사회문화적 함의는 물론이고, 표현하는 주체와 표현되는 대상과의 힘의 논리를 고려하면 그것은 남성들의 표현일 것이다. '눈웃음으로 네가 날 꼬였어'라는. 그 자리에서 지인은 내게 보이는 당신의 호의의 한 방식으로 그리 말했을 것이다. 그럼에도 나는 며칠이 지날 때까지 그날의 정황을 산뜻하게 날려버릴 수 없었다. 그것은 나 역시 눈웃음치는 여성에 대해 긍정적이지 않다는 의미였다.

그리고 며칠 후, 남편과 이야기를 하다 나는 파안대소 했다.

"어? 나 이렇게 활짝 웃으면 안 되는데."

"환하게 웃는 건 좋은 거야. 그런 웃음은 아무나 못 웃어."

"그렇지? 환한 웃음이 얼마나 좋은데."

남편의 말에 나는 비로소 안심이 된다. 인간은 오직 타인의 눈을 통해서만이 나 자신을 볼 수 있다. 며칠 동안 나는 '눈웃음'을 통해 거부의 표현인 '싫다'와 그 대상에 대한 멸시의 감정이 내게도 내장되어 있다는 것을 보게 되었다. 우리는 종종 싫어하는 조건을 가진 대상보다, 싫어하는 감정을 정당화하는 우월감과 그 이면의 열패감을 지닌 주체 자신을 경계해야 할 것이다.

행복이 가득한 방

늦가을 어느 날, 평소 잘 다니던 곳을 지나 마음 내킬 때에만 가던 정육점에 들어섰다. 그러고 보니 계절이 두 번이나 바뀔 동안 나는 이 집에 찾아오지 않았던 것 같다. 지난봄에 보았던 새댁인데도 그녀는 며칠 전에 왔던 손님을 대하듯 밝은 얼굴로 주문을 받았다.

새댁의 서툰 칼 솜씨를 지켜보다가 문득 고개를 옆으로 돌리니 안방이 절반쯤 들여다보였다. 처음 본 방이 아닌데도 이상하게 내 시선을 끌어들이는 무엇이 있었다. 서너 평 남짓한 방안에는 TV, 그리고 감 꽂꽂이, 보일락말락한 벽 구석으로 키 작은 남자의 주름 잡힌 바지가 하나 걸려있고 그 위로 반듯하게 다림질이 된 흰 와이셔츠가 걸려 있었다. 그뿐인데도 왠지 방안에는 뭐라 형언할 수 없는 밝은 빛이 감돌았다.

새댁이 건네는 비닐봉지를 받을 때였다. 나는 아주 작은 소리를 듣고, 실례라는 생각을 할 겨를도 없이 고개를 길게 빼서 방안을 들여다보고 말

왔다. 그곳엔 달덩이 같은 아기가 누워 있었다. 이불을 덮어 얼굴만 보이는 아기는 이제 마악 잠에서 깨어난 듯 작은 몸을 뒤채며 환하게 웃고 있었다. 이 작은 방에 대한 호기심을 불러일으킨 건 바로 이 아기의 생명력, 그리고 환한 웃음이었다. 양팔을 벌리면 손끝이 맞닿을 것 같은 벽, 세상은 넓고도 넓은데 부잣집 뒤주 만한 이 작은 방안에서 아기는 쌔근쌔근 잠들었다 깨어나며 그 작은 몸으로 이 보금자리를 빛내고 있었다.

거스름돈을 꺼내려 돌아서는 새댁을 보니 이내 머지않아 산달임을 짐작케 했던 지난봄이 생각났다. 그 사이 새댁 네는 가족이 늘었고 그 작고 아늑한 방안엔 사랑이 가지마다 피어났던 것이다. 고기를 건네받고 그 집을 나오며 나는 정말 소중하게 여겨야 할 것들을 잊고 살아왔다는 생각에 당혹스러웠다. 부족함이 많던 시절, 작은 것에도 느낄 수 있던 감사와 겸허함이 헛껍질만 남기고 내게서 빠져나가 버린 지가 언제였던가. 소꿉놀이하듯 작은 것들도 소중하게 이루어내려 애쓰며 살던 시절이 차라리 행복이었지 싶다.

장경환   01 저물어가는 등판 위에
02 사람, 참 따뜻하다

작가소개

1996년 『월간문학』 수필 등단. 한국문인협회, 안산문인협회, 한국수필문학가협회 이사.
대표에세이문학회장, 안산여성문학회장 역임. 성호문학상 수상. 수필집 『틀 밖의 세상』
『마흔다섯 개의 느낌표』 공저. catari21@hanmail.net

저물어가는 등판 위에

그칠 줄 모르는 남편의 신음소리가 온 집안에 가득하다.

이순이 넘도록 아무 이상 없이 살다가 불현듯 암 선고를 받은 지 3년이 넘었다. 그간에 치료받으면서 갖가지로 부작용 증상을 보이며 암환자의 실체를 입증하기 시작하였다. 십여 년 전만 해도 쌀 한 가마니쯤은 거뜬히 짊어지고 3층까지 올라오며 장년의 기상을 과시하던 그였다.

세월 저편 내 나이 27세를 마감하던 12월에 중매로 그와 만났다. 그리고 주변의 강력한 권유에 이끌려 이듬해 1월에 약혼식을, 2월에 결혼식을 올렸다. 꿈에 그리던 이상형을 찾고 싶었는데, 선을 본지 꼭 두 달 만에 속전속결로 진행된 셈이다. 사랑을 느낄 틈도, 신혼 재미도 모른 채, 의례적으로 삼 남매를 낳고 살았다.

칠 남매의 맏아들인 남편은 매사에 우유부단하였다. 어떤 해결책을 놓고도 오로지 묵묵부답이었기에 그로 인해 내가 겪어야 할 고초는 이만저만이 아니었다. 시부모는 말수가 적은 맏아들의 해답을 찾고자 걸핏하면 맏며느리인 나를 채근하였고, 형제들마저도 합세하였다. 벙어리 3년, 귀머거리 3년, 눈먼 3년이라는 엄격한 친정부모의 가르침을 고스란히 지키며, 억울한 일이 있어도 벙어리 냉가슴 앓듯 세월만 들이켰다. 이른 아침부터 늦은 밤까지 숨이 헉헉 막히도록 심신이 고단한 삶의 연속이었다. 밤이면 지친 영혼을 차마 누일 데가 없어 애꿎은 천장의 무늬를 세어보며 체념의 세월만 재촉할 뿐이었다.

31년간 모시던 시어머님이 중풍으로 세상을 떠나시던 이듬해, 남편은 살던 집을 허물고 다시 3층 집을 지었다. 여생 뒤늦게나마 새 희망과 행복을 찾아 안주해 갈 무렵, 하필 청천벽력의 암 선고를 받은 것이다.

남편은 여행도, 멋도, 쉴 줄도 모르는 일벌레처럼 왜 그토록 고단한 삶을 자처했을까? 무미건조한 그의 인생행로가 반려자에게 어떤 영향을 주었는지 그는 알기나 할까. 여간해서 자기 의사 표현도 할 줄 모르는 그가 신음 소리만은 유별나게 드러내는 것은 무슨 까닭일까?

요즘 들어 부쩍 왜소해진 남편의 등이 애잔하다. 속수무책으로 하루가 다르게 저물어가는 남편의 등판 위로 속울음 같은 연민이 물밀듯 밀려온다. 자비하신 그분의 음성에 다소곳이 귀를 기울이며, 평생을 수월하지 못한 동행에 화해를 청하듯이 그에게 따뜻한 마음을 얹어본다.

사람, 참 따뜻하다

아들만 넷을 둔 엄마의 자부심과 딸에 대한 동경을 그린 Y 선배의 글을 읽었다. 뛰어난 창의력과 언어 구사도 독특하지만, 참 따뜻한 사람 냄새가 새록새록 배어나는 글이다. 독자의 마음을 단숨에 붙잡을 만큼 역량이 풍부한 글 속엔 무엇보다도 조건 없는 사랑이 주역이었다.

오갈 데 없이 외롭고 병약한 사람을 며느리로 맞아들이며 아낌없이 쏟는 배려와 사랑이 예사롭지 않다. 따뜻한 모성은 희생과 정성을 무한히 쏟아내며 결핵으로 시들어가는 며느리를 일으켜 세운다. 콧등이 시려 온다.

긴 글을 반복해 읽을 만큼 인간의 향기가 심금을 두드린다. 나는 과연 그토록 헌신적인 사랑을 쏟아낼 수 있을까. 고난과 역경을 사랑으로 슬기롭게 이겨낸 선배에게 진심 어린 경의를 표하고 싶다.

염원일까, 필연일까. 오랫동안 사랑을 연습하고 정성을 다하여 기도에 전념해온 나에게도 기회가 왔다. 이런저런 고비와 열여덟이란 나이 차이를 뛰어넘은 아들의 사랑이 이루어져 며느리를 맞았다.

평소 꿈꾸어 오던 성당에서, 거룩한 미사와 축복 속에 결혼식을 올린 것이다. 하늘을 날 듯 기뻤다. 승승장구한 개선 장군이 이런 기분일까. 천하를 얻은 도취감에 빠져들기도 하였다. 이듬해엔 사랑스러운 손녀까지 안았으니 얼마나 감사한가. 갓 태어난 손녀와 시시때때로 눈 맞추는 시간을 기꺼이 반기고 소중히 여겨왔다. 몇 달 후에 둘째 손주도 태어날 예정이다.

그런 내게 불현듯 회의감이 밀려왔다. 많은 사유를 끌어안고 덧없이 묻혀가는 무상함이 엄습해오기 시작하였다. 아들네 가정 뒷바라지와 남편의 간병에 맞물린 고달픈 삶이 문득 자신의 존재감을 묻기 시작한 것이다. 그 삶에서 이탈하고 싶은 충동이 불쑥불쑥 고개를 든다.

잠시 잊고 살았던 것일까. 모든 이에게 솔선수범, 사랑을 실행해온 선배의 따뜻한 마음과 긍정적인 삶을….

영적인 사랑도 예사가 아니었다. 사랑과 믿음을 바탕으로 감성과 인성이 잘 배합된 그의 품격을 정신적 지주로 삼고 얼마나 동경했던가. 그럼에도 부족한 나의 소양은 어쩔 수 없었나 보다. 그러나 이제, 결코 포기하지 않으리라. '사람, 참 따뜻하다'를 늘 마음에 담고 혼신을 다해 나의 길을 가리라.

정태헌

작가소개

1998년 『월간문학』 수필 등단. 수필문우회, 무등수필 회원, 『수필세계』 편집위원. 광주
문학상, 대표에세이문학상 등 수상. 수필집 『동행』 『목마른 계절』 『경계에 서서』 『바람의
길』(선집) 등. lovy-123@hanmail.net

■

강물에 길을 묻다

강변에 서서 도도히 흐르는 물살을 바라본다. 무리 지어 유장하게 흘러간다. 창창滄滄히 달려간다. 한 가지 열망으로 먼 길을 향한다. 묵묵히 더 낮은 곳으로 향할 뿐이다. 몸을 헹구며 흐르기에 더 청정해 보인다.

흘러가는 저 섬진강 강물을 보라. 있는 힘을 다해 바다로 향하고 있지 않은가. 맴돈다고 에돈다고 나무랄 일이 아니다. 맴돌아도 눈을 뜨고 에돌아도 멈추지 않으며 흐르면서도 해찰하지 않는다. 빨리 가라 등을 떠밀어서는 안 된다. 강물은 스스로 최선을 다해 흔적을 만들며 흐르는 중이다.

산다는 것도 강물처럼 가야 할 곳을 향해 흔적을 만들며 흐르는 일이다. 힘겹다고 중도에 머물러 버리면 썩고 만다. 여울에서 맴돌다 길을 잃어버리면 방황하게 된다. 하나 방황할지언정 저 강물처럼 쉼 없이 흘러가야 한다. 머뭇거려서는 안 된다. 저 강물처럼 부지런히 흘러야 한다.

강물의 흐름을 생각해 보라. 이 또한 우리 생의 모습이 아닌가. 강 상류의 빠르고 격한 흐름은 젊은 날의 열정과 방황을, 맴돌며 에돌아 흐르는 물길은 중년의 시련과 갈등을, 하류에 이르러 깊고 완만해진 흐름은 노년의 지혜와 넉넉함이지 않은가.

강물 따라 묵상하며 천천히 걷는다. 무욕의 고요, 순명의 섭리, 생의 무량, 질곡의 너그러움으로 강물은 흐른다. 강물을 따라 걷자. 하늘로 머리를 두르고 땅 위에 발을 딛고 길을 통해 순례하자. 옷차림은 치장하거나 화려함을 뽐낼 필요가 없다. 기름진 음식을 배불리 먹지 못함을 서러워할 필요도 없다. 누옥에 거처한다고 기 죽을 필요가 없으며 이를 생의 고통이라 여기지 말 일이다. 인생은 기쁨 몇 숟가락에 나머지는 고통의 그릇이 아니던가.

강물로 흐르고 싶다. 삶이 세월의 강물에 그물을 치는 일이라면 이젠 더 낮은 곳을 향하여 그물을 드리우고 싶다. 생이 고통과 시련의 연속일지라도 축연祝宴이라 여기는 순례자가 되기를 소망하자. 낮은 곳을 향해 낮은 목소리로 흘러가는 강물에 그 길을 묻는다.

■

정태헌 수필 02

바람 부는 들판에 서서

역설의 계절이다. 가멸찬 결실 너머엔 메마른 바람이 산다. 들판을 가로지르는 만추晩秋의 바람. 그 바람의 갈피에는 갓맑은 목마름이 있다.

기억 속의 늦가을은 텅 빈 들판을 달리는 갈기 푼 바람이었다. 그 들판은 나를 초라하고 지치게 하였다. 그곳은 한 번도 정지해 본 적이 없는 바람 소리 뿐, 바람에는 혼란과 떠돌이의 냄새가 났다. 바람은 가슴을 헤집어 살과 뼈를 지나는 동안 부끄러움을 일으키고 때론 피를 마르게 했다.

누구에게나 영혼의 들판이 있다. 그곳은 빈 들판처럼 생을 지탱해 줄 기본 조건들이 거두어진 황량한 곳이다. 그 영혼의 들판은 자신을 부수고 자아를 확인하는 자리다. 안일보다는 빈 들판에 서서 나태를 부수는 바람 앞에 서고 싶다.

타성과 안일을 벗기 위해서는 바람 부는 들판에서 발가벗어 볼 일이다.

바람이 사는 벌판은 존재 자체가 변화를 겪는 거듭남의 밭이다. 바람을 맞으며 그동안 익숙했던 관습과 타성을 벗겨 내고 알몸으로 순례하는 법을 배울 일이다.

생의 우선순위가 무엇인가를 알기엔 황량한 들판만큼 좋은 데가 있으랴. 중요하다고 여기는 것들로부터 배신을 당한 이후에야 생의 우선순위가 무엇인가를 알게 되질 않던가. 벗은 사람이 되기 위해서는 바람 부는 황량한 들판에 서 볼 일이다.

들판은 정신과 영혼을 파괴하는 중독을 제거하는 곳이다. 인욕의 때를 벗는 공간이다. 들판에서 바람을 맞으면 자신을 스스로 곧추세울 수 있는 뼈를 만날 수 있을 것 같다. 때를 벗고 살을 비우면 투명한 뼈를 맞이할 수 있지 않을까 싶다.

늦가을의 빈 들판에 서서 순례자의 아들, 바람을 맨가슴으로 맞이하고 싶다. 바람이 사는 빈 들판으로 가고 싶다.

김선화01 탱자나무가 있는 저수지
02 나, 반딧불이야

작가소개

1999년『월간문학』수필 등단, 2006년『월간문학』청소년 소설 등단. 한국문인협회, 국제
펜클럽, 수필문우회, 한국문학비답사회 회원. 한국수필가협회 편집위원, 선수필 기획위
원. 군포중앙도서관 수필강의. 한국수필문학상, 대표에세이문학상, 대한문학상 등 수상.
수필집『둥지 밖의 새』『눈으로 보는 소리』『소낙비』『포옹』『정점』등 7권, 시집『눈뜨고
꿈꾸다』『꽃불』, 청소년 소설『솔수펑이 사람들』『바람의 집』. morakjung@hanmail.net

탱자나무가 있는
저수지

　　분명 새의 짓일 게다. 새코롬한 노랑 열매를 콕콕 쪼아대며 부리질을 하다가 불시에 제 눈깔만한 씨앗 한 알 꼴깍 넘겼을 것이다. 그리고는 날갯짓을 하며 소화 덜된 씨앗을 찌이익 낳았겠지. 그것이 해를 거듭하며 우람해져 산정호수를 지키는 수호신이 되었을 것이다. 그 누가 쉽게 범접 못하도록 손가락만한 가시를 수두룩이 돋우고서 둑 복판에 우뚝한 지킴이 노릇을 하는 거겠지.

　　고향을 떠난 지 27년, 뒷산에 올라보니 치끄무레한 문빛이 마구 손짓한다. 나는 망설일 새 없이 군사보호지역 내의 등성이를 타고 미끄러졌다. 폐허의 늪지대엔 갯버들 몇 그루 그림자를 드리운 채 서 있었다. 그 모습에 아연실색한 나는 사춘기 적에 꾸역꾸역 삼켰던 이상 세계로의 동경을 더듬더듬 게워낼 따름이었다. 조기 모임이 빈번하던 둑방 모래 둔덕엔 언제 씨 한 알 묻혔는지 탱자나무 한 그루가 우람하게 길을 막아, 언덕을 내려갔다가 다시 거슬러 올라서야 물에 손을 담가볼 수 있었다.

시퍼런 물살 넘실거리던 곳이다. 실바람에도 잔물결 일으키며 말을 걸어오던 곳이다. 푸른 빛 도는 물총새가 재빠르게 물을 퉁기며 언덕배기 깜찍한 굴을 드나들던 곳이다. 이편에서 저편으로 또는 저편에서 이편으로 50여 미터의 폭을 가로지르며 횡단의 기쁨에 환호하던 동네 오빠들이 영웅 대접을 받던 곳이다. 온 마을 아이들이 여기서 미역 감으며 헤엄치는 것을 배우고, 어른들은 이쪽저쪽에서 몸을 기울여 빨래를 했으며, 수문에 기댄 낚시꾼이 한가로운가 하면, 항아리를 몇 개씩 세워두고 곯은 감자를 우려내는 아주머니도 있었다.

그러다가 어느 해인가는 말만한 타동네 숙녀가 수영복을 입고 등장해, 물총새 언덕을 점령하고는 허연 속살을 내보이며 퐁당퐁당 다이빙을 해 댔다. 이어 시커먼 요트에 누워 두 팔을 휘젓는 남자도 생겨났다. 동생들의 기저귀를 빨던 나는 지레 민망하던 차, 어찌나 놀랐는지 애꿎은 방망이질로 저수지 물살을 푸샤~푸샤~ 떠다밀었다.

지형이 부뚜막을 닮았다하여 변이된 이름 보도막재. 그래서 우리들의 작은 호수가 '보도막재저수지'인데 이 수변에 살다 떠난 생명체가 비단 사람만은 아닐 터, 빈 둑에 씨앗을 떨어뜨린 그 새도 지금쯤엔 대를 물려가며 지절지절 옛이야기 전하려나.

나, 반딧불이야

"엄마 저 빛이 뭐야?"

늦은 밤 공주의 시골집을 찾은 큰아이가 대문 밖에서 산모롱이를 향하며 묻는다. 뭔가 하고 두리번거리다가 대답했다.

"가로등이지."

"아니, 그거 말고 우리 집 뒷산으로 갔어."

"그럼 고라니지이."

"요 앞, 밭에 있다가 반짝반짝하며 산으로 갔다니까?"

내색은 않았지만 일순 두려움이 몰려왔다. 아이의 음색도 지나치게 차분하여 혼자 대문 밖에서 겁에 질린 듯했다. 그래도 나는 침착하게 빛의 정체를 가늠하느라 야생동물들의 눈빛을 연상하고 있었다. 그때 아이가 손가락으로 가리킨다.

"저기 있네."

"아, 저건 개똥벌레지."

별 총총 내려앉는 초여름 밤이다.

아이가 돌아간 다음 날, 혼자서 하룻밤을 더 묵게 되었다. 방안 등갓에 곤충들이 날아들어 바지런을 떤다. 못 본 척하며 잠을 청하나 그것들이 가만있질 않는다. 성가시지만 일어나 갓 주변으로 약을 살짝 풍겼다. 그리곤 얼른 자리에 들었다. 이번엔 약에 설취한 놈들이 앵앵거리며 포닥거린다. 그 소리에 그만 이 커다란 손바닥으로 방바닥에 맴도는 놈을 살짝 때렸다. 크게 상처 나는 것은 원치 않는 배려에서였다. 내 손바닥의 청결을 위한 것이기도 하고.

그런데 아뿔싸! 그 조그마한 것이 글쎄 몸을 발딱 뒤집어 꽁무니를 보이며 반짝한다. 딱 한 번 푸른빛으로 나를 원망한다. 일순 그 어느 힘센 동물에 들이 받친 것보다 가슴이 철렁한다. '아차'하는 심정은 후회만 남는 것을 의미한다고 재차 확인하는 순간이다.

빛을 잃은 반딧불이는 밤새 내 베갯머리 옆에 누워 있었다. 산으로 갔으면 게서 이슬이나 받아 마실 일이지 어째 내 곁에 든 것일까. 꼭 그놈이 아닐 수도 있지만, 마음은 왠지 내 아들에게 신비로움을 안겨준 주인공 같아 미안하기 그지없다. 어떤 일을 그르치고서야 그 잘못을 알아차리는 일화처럼 앞서 나간 손바닥의 성급함을 자책한다.

반짝! 그 푸른빛의 인사, 절체절명의 순간에 내게 말을 거는 깊은 의미의 대화였다.

박경희

01 명함
02 나의 또 다른 이름,
　통일 강사

작가소개

2000년 『월간문학』 수필 등단, 2004년 『월간문학』 소설 등단. 탈북 대안학교 강사 한국
프로듀서연합회 라디오부문 한국방송작가상, 대표에세이문학상 수상. 청소년 소설 『류
명성 통일빵집』 『분홍벽돌집』, 수필집 『여자나이 마흔으로 산다는 것은』 『여자나이 오십,
봄은 끝나지 않았다』. park3296@naver.com

명함

　　내 이름 석 자가 적힌 명함을 절실하게 갖고 싶던 때가 있었다. 결혼과 함께 다니던 연구소를 그만 두고, 전업주부로 살 때였다. 연년생으로 아들만 둘을 키우다 보니 낮에는 전쟁 같은 난리통이라 나를 돌볼 겨를이 없었다. 아이들이 순한 양처럼 잠을 자고 남편을 기다리다 보면 가슴에 바람이 일렁였다.

　　'이렇게 평생을 살아야 하나! 그냥 아이들 엄마로, 일에 빠진 남자 기다리는 아내로?'

　　생각이 꼬리를 물수록 막막했다. 거대한 성 앞에 선 듯 답답하다 못해 도망치고 싶었다. '나는 나'로 살리라는 젊은 날의 결의는 사라지고, 초라한 내 자신만이 보였다.

　　그때 나는 '명함'을 가진 여자가 너무나 부러웠다.

　　아이들 잠든 사이, 책을 읽고, 나름대로 혼자 끼적거리다 우연한 기회에

방송 공모전 소식을 듣게 되었다. 응모한 작품으로 수상의 기쁨을 얻게 되었고, 세상 속으로 다시 나오게 되었다. 그러면서 내 손에 들어오게 된 명함 한 장!

〈방송작가 박경희〉

방송국 로고가 들어 간 명함을 본 순간, 가슴이 먹먹했다. 세상을 향해 마구 소리를 지르고 싶었다. 나는 다양한 사람들을 만날 때마다 당당한 모습으로 명함을 주고받았다. 저녁에 집으로 돌아와 받은 명함을 잘 정리해 놓았다. 통장에 찍힌 돈보다 귀한 사람들을 만나고 받은 명함이 더 귀했다. 시간이 지나며 나는 또 다른 명함을 갖게 되었다.

〈소설가 박경희〉

평생 글밭에서 살고 싶은 열망의 결실을 보는 것 같아 기뻤다.

그런데 언제부터인가 나는 명함에 대한 신비감이 없어졌다. 처음 명함을 갖고 싶을 때의 열망이 사라진 것이다. 정신이 번쩍 들었다. 그래서는 안 될 것 같았다. 초심으로 돌아가고 싶다. 처음 명함을 받던 날의 설렘으로 글밭을 일궈 나가야 한다는 자각과 함께.

나의 또 다른 이름,
통일 강사

연일 계속 되는 폭염을 뚫고 연천의 '한반도 통일미래 센터'에 다녀왔다. '통일 캠프'에 온 학생들을 만나기 위해서였다. 깊은 산속의 8만 평이나 되는 웅장한 건물 속에서 만난 학생들은 남달랐다.

그들은 남북한 청소년의 소통을 다룬 졸저 『류명성 통일빵집』을 읽고 '작가와의 시간'에 임할 때도 매우 열정적이었다. 캠프에 참석한 학생들은 낮에 민통선 근처나 임진강 등 체험 학습을 다녀오느라 피곤할 텐데도 눈빛이 살아 있었다. 질문의 수준도 높았다.

내가 그동안 탈북 청소년들을 꾸준히 만나 오지 않았다면 대답하기 힘들 것 같다는 생각이 들었다. 통일을 향한 청소년들의 생각은 의외로 깊고 넓었다.

강연을 마치고 늦은 밤, 센터를 떠나 서울로 들어오며 만감이 교차했다. 6년 전, '탈북 아이들의 현주소'를 써 달라는 탈북학교 교장 선생님과의

124

전화 한 통으로 시작될 때만 해도 오늘을 기대하지 못했다. 처음부터 나는 탈북자에 대해 관심이 있던 것은 아니다. 오히려 그들에 대해 문외한이었다. 그런 나를 변화 시킨 것은 탈북 청소년들이었다. 인문학적인 기초가 부족한 학생들에게 책읽기와 글쓰기를 가르치면서 그들의 깊은 속내와 맞닿았다. 탈북 청소년들이 허심탄회하게 털어놓는 아픔과 희망이 나의 마음을 움직였다. 그러면서 나는 어디를 가든 탈북 청소년들의 스피커가 되었다. 그들의 상황을 누구보다 잘 알기에 절절한 마음으로 전할 수밖에 없었다. 나의 진심이 듣는 이들의 가슴까지 파고 들어가는 것을 많이 목격했다. 그들의 눈빛이 촉촉해지는 것을 보며 보람을 느꼈다.

나는 앞으로도 부르는 곳이면, 어디든 달려가 외칠 것이다. 통일의 그 날까지 말이다.

문영숙

작가소개

1999년 『문학시대』 시 등단, 2000년 『월간문학』 수필 등단. 제2회 푸른문학상, 제6회 문학동네 문학상 수상. 수필집 『치매, 마음안의 외딴방 하나』, 장편 청소년소설 『에네겐 아이들』 『까레이스키 끝없는 방랑』 『꽃제비 영대』 『독립운동가 최재형』, 장편동화 『무덤속의 그림』 『궁녀 학이』 『검은 바다』 『아기가 된 할아버지』 『개성빵』 외 다수.

soltee1953@hanmail.net

글이 부른 쿠바 여행 1

길을 가든, 목표를 이루든, 쉽게 가는 사람과 어렵게 가는 사람이 있다.

내 삶의 길은 하나부터 열까지 어렵게 가는 편이다. 남들은 쉽게 가는 길도, 나는 돌고 돌아서 겨우 겨우 도달하는 편이다. 지독한 가난 때문에 어린 나이에 꿈을 접었고, 시어머님의 치매 간병과 뒤늦게 시작한 문학의 길로 들어설 때도 늘 조마조마했고, 지명이 넘어 대학 문턱을 넘은 일도 겨우겨우 허덕여야 했다. 나 같은 삶을 일컬어 고진감래라 했던가. 그렇다고 지금이 내 삶이 감게의 단맛기는 삶이라고 단언할 수는 없다.

올해 연초에 뜻하지 않은 초청을 받았다. 지구 반대쪽의 작은 나라 쿠바에서 초청장이 날아온 것이다. 24시간 내에 답을 해달라는 조건이었다. 비행기표와 호텔 숙박비 그리고 강연료까지 책정된 그야말로 꿈에 그리던 제안이었다. 2009년에 펴낸 청소년 소설 『에네껜 아이들』 덕이었다.

쿠바, 에메랄드빛 바다, 헤밍웨이, 노인과 바다, 내게는 먼 나라 이야기가 분명했다. 그런데 바로 그 나라에서 초청장이 날아오다니. 꿈같은 일이기는 했지만 달랑 나 혼자 그 먼 곳까지 가야 한다는 사실이 막막했다. 그러나 귀한 기회를 놓칠 수는 없었다. 24시간 이내에 동행자를 구해야 했다. 다행히 가까운 지인이 선뜻 나서 주었다.

출국준비를 하는 한 달 남짓 강연 준비도 치밀하게 했다. 쿠바는 공산국가라서 우리 대사관도 없는 곳이다. 내 모든 일정과 수속도 멕시코 대사관에서 진행했다. 북한과 대치하고 있는 대한민국 국민으로서 긴장하지 않을 수 없었다.

비행기 티켓을 받아들면서부터 설레기 시작했다. 멕시코로 팔려갔던 기막힌 이민들의 후손들이 쿠바에도 상당수 산다기에, 그들에게 나눠 줄 학용품과 준비물을 챙겼다.

우선 책부터 가방에 넣고 무게를 달았다. 기준초과였다. 아무래도 가방 하나를 더 가져가야 해서 KIM 항공사 홈페이지에서 추가로 짐을 신청하는데 계속해서 에러가 발생했다.

결국 전화를 걸었다. 안내에 따라 추가로 짐을 신청하고 전화를 끊으려 할 때였다.

"저어, 투어리스트 카드는 사셨죠?"

"아뇨, 비행기에서 사려구요."

"안돼요. 한국에서 사셔야 해요. 유럽 노선은 비행기에서 안 팔아요. 그게 없으면 인천에서 탑승이 안돼요."

이게 무슨 소리인가. 에러가 발생하지 않았다면 나의 꿈같은 쿠바 여행은 물거품이 될 뻔했다.

대표에세이

글이 부른 쿠바 여행 2

투어리스트 카드는 쿠바가 비수교국가이기 때문에 여행 카드인 투어리스트 카드가 비자 대신이었고, 그 카드가 없으면 입국할 수 없는데 유럽 항공사의 경우 인천공항에서 탑승이 안 된다는 사실을 그제야 알았다. 나는 멕시코 대사관의 말만 믿고 비행기나 경유지에서 사려고 국내에서는 알아볼 생각조차 하지 않았던 것이다.

안내는 투어리스트 카드를 파는 여행사 전화번호를 알려주었다. 그런데 이뿔싸. 안내받은 번호로 전화를 거니 설 연휴라서 연휴가 끝나야 업무를 본다는 안내 멘트만 나왔다. 눈앞이 캄캄했다. 추가 가방까지 신청하고 학용품이며 심지어 쿠바 한국팬들에게 나눠줄 유명 연예인 사진첩까지 샀는데 어쩌란 말인가.

모든 SNS 통로를 동원하고 거미줄 같은 인맥을 찾아도 설 연휴가 원망스럽기만 했다. 내 초청을 담당한 멕시코 대사관에서는 유럽 노선은 안 되는 줄을 몰랐다고 방법이 없다는 말만 되풀이했다. 차례 음식 준비도 손을 놓고 밤늦게까지 전화기에 불이 나도록 여기저기 여행사를 뒤졌다.

이제 도서전도 쿠바 여행도 모두 물거품이 될 수밖에 없다고 포기하려는 순간, 구세주같은 인맥이 연결되었다. 설 연휴 마지막 날에 어쩌면 구할 수 있을 거 같다고. 확신이 아니라 있을 것 같다는 가능성이었다. 실낱같은 희망을 붙잡고 설날 아침 차례를 지내고 당일 날도 전화기만 끼고 살았다. 이튿날도 허사였다. 싸놓은 가방을 이제 풀어 버려야 하나 눈물이 나올 만큼 안타까운 시간이 흘렀다.

드디어 연휴 마지막 날, 비행기 탑승시간은 자정이었다. 그래도 끝까지 기다리는 수밖에 없었다. 오전도 다 가고 오후 두 시, 드디어 낯선 번호가 떴다. 투어리스트 카드를 구했다는 전화였다. 총알처럼 뛰어나갔다. 급행료를 톡톡히 주고 탑승 여섯 시간 전에 손에 쥔 투어리스트 카드. 전해주는 여행사 직원이 신신당부를 했다.

잘못 쓰면 절대 안 된다고. 화이트 펜으로 지워도 안 되고. 모든 정신을 집중해서 절대 실수 없이 써야 한다고. 주문을 외우듯 투어리스트 카드를 받아들고 집에 오자마자 짐을 챙겨 공항으로 출발했다. 동행할 친구에게도 절대 잘못 쓰면 안 된다고. 화이트 펜으로 지워도 안 된다고. 나도 모르게 떨리는 손으로 빈칸을 채워나갔다. 그런데 어느 순간 가슴이 철렁했다.

아, 이게 웬일인가. 너무 긴장한 탓에 양쪽에 똑같이 써서 한쪽은 입국시에 내고 한쪽은 출국할 때 내야 하는데 이름과 성을 양쪽에 다르게 쓰고 말았다.

하늘이 노랬다. 한쪽엔 가족 이름에 내 성을 쓰고 다른 쪽엔 내 이름 석자를 다 써버린 것이었다. 정작 동행인은 실수 없이 썼는데 나는 어이없게 보란 듯이 실수를 하고 만 것이었다. 이제 탑승 거부를 당할지도 몰랐다. 직원에게 사정을 이야기했더니 운에 맡기란다. 손에 땀을 쥔 채 드디어 탑승시간. 조마조마하게 비행기에 탑승할 수 있었다.

쿠바에 발을 딛기까지 27시간, 동안 투어리스트 카드 때문에 얼마나 마음을 졸였는지 모른다. 다행히 순서가 바뀐 것뿐, 성을 틀리게 썼거나 이름을 틀리게 쓰지 않아서 통과되었다고 한다.

지금도 그때를 생각하면 긴장이 된다. 이렇듯 내 삶은 쉬운 게 하나도 없다는 걸 또 증명해 주었다. 내 글이 부른 쿠바 여행길에도 확인이 되었다.

청정심

작가소개

2002년 『월간문학』 수필 등단. 국제펜클럽한국본부, 한국문인협회, 음성문인협회 회원.
불교 청소년도서 저작상, 연암문학상 본상 수상. 수필집 『청향당의 봄』 『내 마음에 피는
우담발화』 등. cjseda@hanmail.net

가을이 깊어가는
극락보궁

하늘이 맑고 높아졌다. 침실 창 앞에는 20년이 넘은 적송 세 그루가 다정하게 서 있다. 적송 세 그루 아래 여러 색깔을 띄운 백일홍과 고운 분홍빛 코스모스가 줄지어 피어 눈길을 끈다. 거실 창문이 남서쪽으로 나 있어 낮에는 햇빛이, 밤에는 달빛이 침실을 가득 채운다. 창밖에 서 있는 사철 푸른 세 그루 소나무와 저녁마다 찾아오는 달님 때문에 침실에 머무는 시간을 좋아한다.

섬섬한 바람이 불어오고 달빛이 찾아들고 때 맞추어 귀뚜라미까지 우는 가을밤은 저절로 향수에 젖게 한다. 분위기 때문인지 울적해지며 그동안 살아온 내 삶을 뒤돌아보게 한다. 인생은 지나고 보면 모두가 꿈처럼 허무하기만하다. 나이가 들수록 아픈 곳은 늘어가고 총기는 사라져만 간다. 더구나 앞날이 얼마 남지 않았다는 예감이 들면 사무치게 그리운 무언가가 내 마음을 사로잡는다. 아마 아직도 욕심과 집착에서 벗어나지 못했기 때문일 것이다.

침실에 찾아온 달은 타임머신이 되어 유년의 밤으로 나를 데려다준다. 지나간 일들이 주마등처럼 돌아간다. 아쉽게 스쳐간 많은 인연들, 특히 친정어머니와 일곱 살에 급성 폐렴으로 떠나간 남동생 생각이 떠오를 때마다 어제 일만 같아 가슴이 아프다. 되돌릴 수 없는 일이기에 마음은 아프지만 남은 생 동안 후회 없이 살아보자고 다짐한다.

바람 소리가 스산하게 들린다. 은사스님이 생존해 계실 때 "청정심은 그림, 조각, 글쓰기에 빠져 살아 걱정이다" 하셨다. 얼마 후면 여든에 접어든다. 이제 가족을 위한 기도와 취미 생활도 다 접고 내 자신을 위해 오롯이 기도를 해 보려고 한다. 모든 죄업을 참회하고 죄 많은 이 중생 극락왕생하게 해달라고 부처님께 간절히 기도해 보련다. 그것이 입적하신 은사스님의 바람이기도 하셨다. 부족한 제자를 참으로 오래도록 연민해 주시고 아껴주셨던 스승님의 가르침에 조금이나마 보답하기 위한 첫 걸음이 되길 바라본다. 미타사 지장전 극락보궁에 가을이 깊어간다.

큰 원력

대불전으로 올라가는 시간, 새벽 3시 30분 33번의 범종이 울린다. 맑은 하늘에 떠 있는 달과 헤아릴 수 없이 많은 별들이 반짝이고 있다. 산에서는 소쩍새가 밤 새는 줄 모르고 소쩍 소쩍 울고 대불전에 촛불들은 주위를 밝히고 있다.

대불전에 올라오면서 인생은 모두가 꿈처럼 허무하다는 생각을 했는데 이 아름다운 풍경이 마음을 바꿔 놓는다. 지장보살님 주위로 펼쳐지는 세상은 너무 아름답고 이런 세상에서 한번 살아볼 만하다는 생각이 든다. 시시각각으로 변하는 것이 사람의 마음이라지만 좀 전에 생각했던 허무한 생각은 잊어버리고 신심으로 가득 차오른다. 지금 이곳 대불전은 동양에서 제일 큰 지장보살님이 모셔져 있고 십만 불은 금불님이시고 또 만 불은 옥불님을 모시고 있다. 이 모든 것을 이루어 놓은 것은 주지스님의 대원력이셨다.

이 도량을 세우느라고 반세기 넘도록 많은 고생을 하셨고 앞으로도 얼마를 더 해야 할지 모른다. 그렇게 어렵게 조성된 아름다운 대불전이 오직나 하나만을 위해서 조성된 듯한 느낌이다. 고요한 시간 나 혼자 기도하고 발원을 세우며 희망의 미소를 짓고 행복해 한다. 언제나 대중을 위해 기도하고 불사하시는 스님께 감사를 드린다. 이런 어려울 때 내가 재력이 있어 스님을 도와 드리면 얼마나 좋을까 하는 생각도 해본다. 스님께 큰 도움이 되어드리지 못하는 것이 늘 죄송한 마음이다. 그래서 새벽마다 내생에는 건강하고 복과 혜를 갖춘 훌륭한 몸으로 태어나 큰일을 해야 하겠다는 대원력을 세워 놓고 부처님 전에서 정성을 다해 발원한다.

기도가 끝나니 새벽 6시다. 극락보궁으로 내려오는 길에 다시 한 번 뒤돌아본다. 여전히 지장보살님은 그 자리에서 근엄한 용안에 미소를 짓고 계신다. 금생의 남은 시간 수행정진 잘해서 해탈하고, 내생에 나의 발원이 꼭 이루어지리라 믿는 기도에 지장보살님이 걱정 말라며 미소로 화답하는 듯하다.

김윤희

01 찔레꽃
02 아름다운 눈물

작가소개

2003년 『월간문학』 수필 등단. 충북문인협회 편집부장, 충북수필문학회 주간, 진천문인
협회 부회장. 중부매일 에세이, 충청일보 충청시평 연재 중. 대표에세이문학상, 충북예술
인공로상 수상. 수필집 『순간이 둥지를 틀다』 『소리의 집』. yhk3802@hanmail.net

찔레꽃

야드르르한 녹음, 찔레꽃머리에 이르렀다.

바싹 오그라져 있는 마른 꽃을 찻잔에 대여섯 송이 담고 따끈한 물을 붓는다. 닫혀있던 꽃잎이 서서히 열리고 살포시 속내를 풀어내기 시작한다. 가만히 들여다보고 있으려니 신비롭다.

찻잔에 하얀 꽃잎이 온전한 모습으로 동동 뜬다.

연노랑 꽃물이 말갛게 우러난다. 은은한 향기가 입 안 가득 감돈다. 산자락에 일던 지순한 바람의 맛이다. 하얀 꽃! 순박한 산골 처녀의 모습이 어룽댄다. 뜻 모를 애잔함이 향기에 매달린다.

고려시대 원나라에 공녀로 바쳐진 찔레 소녀의 슬픈 설화 때문인가?

그보다 더 가슴 미어지는 건 소리꾼 장사익이 질러놓은 '찔레꽃'이다. 그의 목소리를 통해 피를 토하듯 하얗게 쏟아낸 꽃은 돌이킬 수 없는 슬픔의 결정체다. 어머니, 그 한의 소리를 담은 울림이었다.

반쯤 남은 찻잔을 묵연히 바라보다 다시 뜨거운 물로 잔을 채운다.

하얀 꽃잎, 노란 꽃술이 그대로다. 얼마나 치열하게 삶을 살아냈으면 그 뜨거운 찻물에도 보드라운 꽃잎이 끄떡없을까.

눈물겹다.

내 어머니의 삶도 그랬다. 자그마한 체구에 평생을 쪽진 머리로 수굿하게 사신 우리엄마. 먼산 가서 뜯어온 나물보따리에서 통통하게 살이 오른 찔레순을 골라내 주시면 그저 아삭아삭 먹어만 댔다. 그것이 어떠한 과정을 거쳐 내게 왔다는 걸 몰랐다.

가시에 긁히고 찔리는 고통이 어디 찔레순을 꺾을 때 뿐이었겠는가.

아픔으로 키워낸 자식들은 화려하고 향기로운 장미가 되어 6월을 수놓고 있다. 장미의 모체가 바로 찔레 아니던가.

산모롱이 뒷전에서 꽃을 피우고 있는 찔레꽃은 그래서 어머니의 꽃이요. 서럽고 힘든 삶의 고통을 진한 향기로 풀어내는 한 서린 꽃이다. 곤충들이 장미보다 찔레꽃으로 더 많이 찾아들고 있는 건 미물도 어머니의 그 한을 아는 까닭이겠지.

찻잔 속에 내 어머니가 하얀 꽃잎으로 동동 미소를 짓는다.

김윤희 수필 02

아름다운 눈물

8월의 열기가 뜨겁다. 브라질에선 지금 금빛 메달 사냥이 치열하다. 불꽃이 튄다. 들숨 날숨 한 호흡의 순간으로 승패가 갈리는 긴박감은 방안에 앉아서도 손에 땀이 흐른다.

'땀, 숨, 꿈, 리우' 슬로건만으로도 가슴이 뭉클하다. 무엇이 이리 온 국민의 가슴을 열고 하나로 뭉치게 하는 걸까. 인간만이 가질 수 있는 한계에 대한 도전은 그 자체가 감동이고 아름다움이다.

잠을 접고 새벽에 열린 여자 양궁 단체전을 보았다.

과녁을 향해 화살을 겨누고 있는 궁사의 모습을 보면 숨이 멎는다. 활을 당기는 그 순간 숨 조절에 흔들림이 없어야 한다. 변수로 작용하는 미세한 바람결까지 읽어내야 한다. 때때로 바람에 왜 흔들리지 않겠는가. 외부에서 이는 바람이라면 그 바람의 결에 따라 힘과 방향을 조절해야 할 것이요, 내 안에서 이는 바람이면 그 욕망을 잠재워야 하리라.

중심이 흔들리는 것은 내 안에서 비롯되는 바람 탓이다. 무념무상의 평정심이 가장 요구되는 것이 바로 양궁이다. 활과 화살, 사람과 자연이 합일되어야만 비로소 과녁은 정중앙에 자리를 내어준다.

지름 122cm 과녁, 그 가운데 12.2cm원이 10점 부분이다.

텐, 텐, 텐! 우리가 그토록 갈망하는 점수는 고작 한 뼘도 안 되는 원안에 머무는 일이다. 이곳에 화살을 꽂기 위해 얼마나 많은 시간, 땀과 눈물을 쏟아냈을까.

'한국 여자양궁 단체전 8회 연속 금메달!' 신화를 일궜다.

꿈을 이루기 위해 견뎌야 했던 고통이 눈물과 함께 낭자하다. 혼신을 다해 이루고자 하는 꿈을 향한 도전, 치열한 삶의 모습은 모두가 아름답다. 경기를 마치고 그들이 쏟는 눈물은 더욱더 아름답다.

올림픽의 열기, 그것은 비단 운동 경기에만 국한된 것이 아니다. 매 순간순간 소중하고 치열하게 살아가라는 삶의 강한 메시지이다.

김현희

작가소개

2004년『월간문학』수필 등단. 한국문인협회 회원, 한국수필가협회 이사. 박물관대학 수료. 대표에세이문학상 수상. 수필집『진주목걸이』. hyun103@hanmail.net

철학자의 길

유유히 흐르는 네카어 강을 바라보고 있습니다. 제가 발을 딛고 있는 이곳은 역사가 오래된 대학도시이며 영화 '황태자의 첫사랑' 배경 무대로 알려진 하이델베르크 성이 있는 독일의 하이델베르크입니다. 괴테와 그 연인의 이야기로 유명해서일까요, 세계에서 제일 큰 와인 통이 지하에 보관되어 있다는 고성古城을 올려다보며 노천카페에서 맛난 맥주를 한 잔씩 나눈 후라 그럴까요. 네카어 강은 더욱 아름답게 빛나고 있습니다. 이곳이 가장 아름다울 때가 해질 무렵이라는 사실이 그저 안타까울 뿐입니다.

하이델베르크에서 가장 오래되었다는 카를 테오도르 다리에 올라섰습니다. 1386년에 개교한 유서 깊은 대학과 잘 어우러진 강 건너 구시가지 풍경은 시선을 압도합니다. 괴테는 네카어 강 다리에서 바라보는 경치는 세계 어느 곳도 따르지 못한다고 했다지요. 뿐인가요. 직업의 성격상 유럽의 도시를 수없이 다녀보았다는 일행 중 한 분은 언젠가 집을 사서 꼭 살고 싶은 곳으로 이 네카어 강가의 주택을 지목해두었다더군요. 중세유럽의 풍광을 느끼게 하는 아름다운 도시입니다.

무엇보다 다리 너머에는 괴테와 헤겔 등이 즐겨 산책했다는 유명한 '철학자의 길'이 있습니다. 네카어 강 반대편 나지막한 언덕에서 시작되는 골목과 숲길로 이루어진 곳이지요. 하이델베르크 대학을 중심으로 활약하던 철학자들이 즐겨찾기도 했지만 아름다운 이곳을 산책하다 보면 철학에 문외한인 사람이라도 철학가 못지않은 사색에 잠긴다 하여 붙여진 이름이라 합니다. 그러고 보면 예로부터 철학자들은 걷기를 즐겼나 봅니다. 루소는 "나는 걸으면서 명상에 잠길 수 있다. 나의 마음은 나의 다리와 함께 움직인다." 했고, 키에르 케고르는 "걸으면서 가장 많은 생각을 하게 됐다."라고 했으며, "심오한 영감, 그 모든 것을 길 위에서 떠올린다."라고 니체는 고백했다지요.

평소 걷기를 좋아하는 저로서도 무언가 생각이 필요할 때면 조용한 곳을 걸으면서 비로소 생각이 정리되는 걸 보면 공감되는 바가 적지 않습니다. 시작은 약간 가파르지만 네카어 강의 아름다운 풍경으로 대가를 기꺼이 지불해주는 길, 번잡하고 화려한 길이 아닌 소박하고 아담한 골목길과 숲길, 잠시 쉬어가며 사색할 수 있는 벤치, 그 무엇보다 우리가 책 속에서나 만날 수 있던 저명한 철학자들의 체취를 느끼며 상상할 수 있는 길, 그래서 '철학자의 길'이 더 매력적인지 모릅니다.

네카어 강은 무심히 흐르는데 더불어 인생철학 하나 제대로 정립되지 못한 어설픈 나의 삶도 속절없이 흘러만 갑니다.

대표에세이

종심從心

— 큰오빠 부부의 칠순에 부치는 글

짧아서 더욱 아쉬운 아름다운 가을날 저녁입니다. 두 분이 올해 칠순을 맞이하신 뜻깊은 자리에 5남매가 모여 함께 축하를 드립니다.

일찍이 큰오빠는 부모님의 자랑이셨지요. 다른 분들과 큰아들 이야기를 나누실 때면 어깨에 힘이 들어가고 빛나시던 두 분의 눈동자를 잊을 수 없습니다. 얼마나 자랑스러우셨을까요. 저희도 자식을 낳아 키워보니 예전 부모님의 심정이 조금이나마 헤아려지는 듯합니다. 오빠가 학생 때 앉은뱅이책상에서 공부를 열심히 하여 부숭이뼈기 닳을 정도였다고 전해주신 어머니 말씀은 전설처럼 남아있으며, 둘째 오빠의 '포장지에 신경 쓰지 마라.'는 가르침과 함께 오빠들은 막내의 인생관에 큰 영향을 끼쳤다는 걸 고백합니다.

하지만 무엇보다 제가 큰오빠에게 개인적으로 존경스러운 점은 '참으로 겸손하다.'는 것입니다. 이제껏 살아오면서 주위에서 오빠만큼 겸손한 사람을 본적이 없을 정도라고 한다면 다소 과장됨이 있을까요. 하여튼 제게는 참으로 부족한 덕목이라 거울로 삼고 있습니다.

그동안 두 분이 살아오면서 장남과 맏며느리의 굴레 속에 많이 힘드셨으리라 생각됩니다. 그래도 두 분이 늘 중심을 잡아주셨기에 돌아가신 부모님과 우리 5남매는 항상 든든했고, 지금도 우리 마음속 버팀목과 울타리가 되어있습니다. 이제는 동생들도 가정을 이루어 각자의 자리에서 나름대로 제몫을 하고 있으니 동생들 염려는 마시고 함께 나이 들어가는 동반자이며 좋은 친구로 다 같이 즐겁게 지냈으면 좋겠습니다. 그러려면 무엇보다 두 분이 건강하셔야 할텐데 저희 중에 제일 연장자라 세월이 주는 섭리는 어쩔 수 없어 저희들은 조금 염려스럽기도 합니다. 모쪼록 두 분 건강하심을 기원합니다.

마지막으로 드리고 싶은 말씀은 『논어』에서 일흔 살을 종심從心이라 하여 '나이 70이 되니 마음이 하고자 하는 바를 좇아도 도道에 어긋나지 않는다.'라는 말이 있다고 합니다. 저도 그때쯤이면 머리가 아닌 마음을 좇아 삶을 살아도 좋을까요. 누구나 꿈꾸는 일이 아닐까싶습니다만 두 분은 이제 은퇴도 하셨고 그동안 열심히 사셨으니 이제는 세상의 편견이나 잣대에서 벗어나 자유롭게 하고 싶은 일을 하면서 삶을 즐기셔도 좋겠습니다. 자신의 행복은 누구보다 무엇보다 소중하니까요. 두 분의 뜻 깊은 날을 맞이하여 진심으로 축하와 감사의 마음을 전합니다. 사랑합니다. 오늘 함께 하는 시간은 짧지만 우리들의 추억은 영원할 것입니다.

우선정

01 자기야, 자귀야
02 칠월의 여백

작가소개

2006년 『월간문학』 수필 등단. 한국문인협회, 파주문협 회원. 대표에세이 문학상 수상.
수필집 『달빛처럼 흐르다』 sjwoo0314@hanmail.net

우선정 수필 01

자기야, 자귀야

헤실헤실 웃고 있다.

참으로 실없다 하다가 나도 따라 웃게 된다. 암상스런 시어미 밑에 창아리 빼놓고 사는 며느리 같다. 마주 보고 있으면 웃음 전염성을 띠고 있어 어느새 입꼬리가 올라가고 만다. 공원 그늘에 돗자리를 펼쳤다가 먹구름이 잔뜩 끼어 원두막으로 올라와 자귀나무를 마주 보고 있다.

가뭄 끝에 단비 손님이다.

원두막에 기댄 오동나무 이파리에 떨어지는 빗줄기가 제법 힘차다. 오직 빗소리뿐, 사위가 어둑해지면서 바람을 동반하는데, 자귀나무 꽃은 이리저리 휘청거리면서도 웃음을 놓지 않는다. 폭풍우 앞에 근심 따위는 무장을 해제하고 빗줄기를 즐기는 거 같아 그 모습이 의연하다. 꽃잎에 이르지 못하고 분홍의 수술로 어둑해지는 장마를 마중하고 있으니 착한 꽃이다.

재력 있는 양반이 상처<sub>喪妻</sub>하였는데, 묘에 흙도 마르지 않아 여자를 들였다. 띠 동갑의 젊은 나이, 얼굴은 홍도화에 상냥하게 남편을 우러르니 점잖은 사람이 여시에 홀린 게 아니냐고 자손들과 주변 사람들이 그녀를 백안시하였다. 환갑을 넘긴 사내가 가래 끓는 소리로 '자기야'하며 처를 부르자 만면에 웃음을 짓고 화답하는 어린 아내. 그 호칭의 힘은 병석에 누운 남편도 쉽게 일으켰고, 그녀의 상냥함은 주변의 가시눈들을 차츰 거둬들였다.

자기야, 자귀야.

자귀나무는 밤이면 잎이 가운데 줄기를 마주 보고 접힌다는 모습에서 '야합수'라는 별칭이 붙는다. 얼굴을 맞대고 잠든 부부의 모습 같아서 자귀나무를 가까이 두면 금슬이 좋아진다는 얘기가 있다. 자기야를 부르며 바위 같은 남편 얼굴에 웃음을 영글게 하는 재혼녀의 얼굴은 빗속에서도 웃음을 잃지 않는 자귀나무 꽃과 닿아있다. 그 꽃을 오래 바라보고 있으면 무덤덤해진 부부간의 정도 살뜰해질까. 내 얘기 끝에 동행 친구는 우리도 자기야로 호칭을 바꿔 불러보자며 빗속에서 하얗게 웃는다.

칠월의 여백

사금파리같이 빛나는 칠월의 햇살이 모처럼 드러낸 종아리를 사정없이 쪼아댄다. 빗자루로 고르게 선을 남긴 흙길이 단정하여 내 옷매무새를 돌아보는데, 눈앞에 펼쳐진 초록 융단 같은 잔디가 마음을 흔흔히 열어준다. 파주 탄현면의 장릉長陵시범 개방 소식을 듣고 반가웠던 터라, 일터로 나가는 길에 조금 일찍 나서서 들르게 되었다.

장릉은 조선 16대 왕 인조와 원비 인열왕후의 합장능이다. 장마가 소강상태에 이르고 푸른 하늘에 흰 구름 몇 점 띄어놓은 배경으로, 장릉의 모습은 모시옷을 정갈하게 입은 중년을 연상시킨다. 소나무 가지를 늘어트린 배경을 앵글의 위에 두고 능의 모습에 각도를 맞춘다. 유네스코에 등재될 만큼의 가치는 능의 완만한 곡선이 한 몫 할 거라고 생각하며 흐르는 땀을 닦는다.

인조는 집권당을 반정으로 몰아내고 왕위에 올랐던 만큼 재위 중에 어려움이 많았던 인물이다. 내적으로는 이괄의 난과 밖으로는 호란을 두 번이나 겪게 되지만, 새로운 군제를 만들어 방어를 하게 된다. 그러나 삼전도 굴욕을 치르며 지켜낸 권력은 가계도에는 씻을 수 없는 오명을 남긴다.

동양의 역사는 과거의 잘못이 되풀이 되는 것을 방지하는 의미에서 온고이지신溫故而知新을 내포하고 있다. 이른 아침에 전달된 도덕과 윤리를 강조한 대기업 회장의 동영상 파문이 아직 머릿속을 맴도는데 정자각 뒤편에 앉아 더위를 식히며 권력자에게 가족의 의미는 무엇일까 생각에 잠긴다. 능으로 가는 길은 막아 놓아서 봉분과 석물은 볼 수 없으나, 인조의 포부만큼이나 컸던 동산 같은 능을 마주 보고 앉아있다. 그에게도 고뇌는 있었을 터, 성하를 즐기는 초록 잔디가 그의 허물을 감싸듯 보듬고 있다.

능을 호위하듯 울울창창한 적송들이 빼곡하다.

하늘은 눈이 시리도록 푸르며 사방은 초록일색으로 창연하여 망중한을 즐기는 길손은 시간가는 줄 모른다. 오전 시간이라 관람객도 없이 한가한데 무엇에 놀랐는지 장끼가 한바탕 울어 숲속의 적요를 깨운다. 한 여름의 여백이 질펀한 능 안에 7월이 한참 자맥질 중이다.

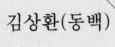 김상환(동백)

작가소개

2006년 『월간문학』 수필, 『월간문학공간』 시조 등단. 한국문인협회 회원. 샘터사 샘터상 (생활수기 부문), 브레이크 뉴스 문학예술상(시 부문), 티고르문학상(수필 부문), 여성 문예원 공모전(수필 부문), 대표에세이 문학상 수상. 수필집 『쉼표는 느낌표를 부른다』.
ksshh47@hanmail.net

치아齒牙의 반란

치아가 말썽을 부린다. 우리 몸에서 소중하지 않는 곳은 없지만 그중에서 치아를 최고로 예우해 왔다. 세수하는 일보다도 몸을 씻는 횟수보다도 더 자주 닦아주고 아껴 주었다. 그런데 이렇게 고통을 주는 것은 받아들일 수 없는 반란이다. 몇 번 달래고 타협을 해도 안 되면 까짓것 아예 뽑아버려야겠다. 지금이 어떤 세상인가, 천 길 깊은 바닷속에 말뚝을 박고 다리를 놓는 세상이다. 견디어 보다가 안 되면 임플란트(인공치아)이가 하는 것을 해버리면 된다.

나는 이미 11개를 임플란트 했다. 임플란트 시술施術을 하려면 제일 먼저 마취를 한다. 그러면 술에 잔뜩 취한 사람처럼 어지러운 상태가 된다. 마취가 된 다음 입만 남겨놓고 보자기로 얼굴을 가린다. 이때 마지막 관 뚜껑을 덮는 것과 같은 기분이 든다. 시술 방법은 잇몸(턱뼈)에 못을 박듯이 금속을 박아서 기둥을 만든다. 그 과정이 전동드라이버로 나사못을 박을 때가 연상된다. 각도가 조금만 삐뚤어져도 엉뚱한 방향으로 금속 끝이 튀어나올 수도 있겠다는 생각이 든다. 아픈 것보다도 불안하고 두려운 생각들을 억누르기가 더 힘들다.

나이가 들면 질병이 삶의 질을 결정한다. 다른 곳이 불편하면 좀 더 조심하고 활동을 줄이면 된다. 하지만 먹는 일은 피할 수가 없으니 치아의 건강은 생존의 문제다. 그래서 건강한 치아를 오복 중의 하나라고 한다.

어디 치아뿐인가. 환갑의 나이를 넘기면서 이곳저곳에서 받아들일 수 없는 반란이 계속된다. 검은 머리는 흰 머리로 바뀌고, 돋보기, 보청기까지 있어야 한다. 병원을 단골 식당 드나들듯 하면서 허무함이 밀려든다.

그렇다고 삶의 끈을 놓아 버릴 수는 없는 일, 이제 나를 바로 세우는데 최선의 방법이 무엇인가를 고민해야겠다. 지금부터 참 삶을 위해 임플란트를 하듯이 낡은 생각과 생활 방법을 바꿔야겠다. 충치 먹은 치아처럼 내 마음을 시리고 아리게 했던 과거의 기억부터 뽑아 버려야겠다. 그 자리에 뜻있고 보람찬 노년을 위해 새로운 깃발을 꽂으련다. 노후에 삶의 가치를 높이는 일은 나 자신에게 있으니….

김상환 수필 02

말의 맛과 향기

　　"오메 동상 왔는가?" 구수한 전라도 사투리에 정이 듬뿍 묻어난다. 동아리 모임에서 만난 10년 선배가 꼭 친동기간을 만난 것처럼 반갑게 맞아준다.

　　선배는 누구에게 대접받으려 하지 않고 배려가 몸에 배어 있다. 사람의 마음을 꿰뚫어 본 것처럼 상대방이 꼭 듣고 싶어 하는 말을 해준다. 여기에 더하여 센스 있고 유머를 구사하는 능력까지 뛰어나다. 그래서 선배를 따르는 사람이 많고 여러 모임에서 중책을 맡고 있다.

　　말속에는 힘과 능력이 있다. 무심코 던진 말 한마디에 용기를 주기도 하고, 반대로 기를 꺾어 놓거나 원한을 사기도 한다. 이처럼 똑같은 말이라도 갈고 닦고 다듬으면 보석처럼 빛을 발하게 된다. 또 말의 참맛은 유머에 있다. '유머는 향기 나는 지혜의 언어다.'라는 말이 있듯이 유머 속에는 세상과 사람을 보는 따뜻한 마음이 담겨있다.

선배와는 반대로 후배 중에 자기를 과시하기 좋아하는 사람이 있다. 신문과 방송을 통해 누구나 알고 있는 내용을 자기만 알고 있는 것처럼 말한다, 말을 한 번 시작하면 상대방에게 말할 기회를 주지 않고 계속 떠들어댄다. 또 남의 실수나 잘못에 대해 거침없이 말한다. 그래서 잘생긴 외모에 재주가 많지만 별로 가까이 지내는 사람이 없다.

우리가 주고받은 말속에는 온도와 향기, 맛이 있다. 오랜만에 뵙는 부모님의 말속에는 따뜻함이 느껴지고, 연인들의 대화 속에는 달콤함이 있고, 고향 사투리에는 구수한 맛이 있다.

말은 사람의 향기라고 할 수 있다. 아무리 아름다운 꽃도 독한 냄새를 풍기면 곁에 둘 수 없다. 마찬가지로 아무리 외모가 출중하고 능력이 있는 사람일지라도 독설을 내뱉는 사람은 가까이하고 싶지 않다.

아름다운 꽃을 보면 기분이 좋아지듯이 고운 말을 들으면 귀한 선물을 받은 것처럼 기분이 좋다. '향나무는 자기를 찍는 도끼날에도 향을 묻힌다.'는 말이 있다. 나에게 화를 내고 독설을 뱉는 사람에게도 고운 말로 대응하도록 노력해야 하지 않을까. 쉽지는 않겠지만.

곽은영

01 진화
02 일흔여섯 엄마

작가소개

2007년『월간문학』수필 등단. 한국문인협회 회원. 2012 동서문학상 동화부문 수상. 공저『결혼 닻, 또는 덫』『마흔다섯 개의 느낌표』등. kwakkwak0608@hanmail.net

곽은영 수필 01

진화

결혼을 하고 아기를 낳자 생긴 세포들이 있습니다. "응애" 아기가 울자 남편은 고개를 갸웃거렸습니다.

'저런 배가 고프구나!'

제 귀에는 바로 통역을 해 주는 세포가 생겼습니다. 그뿐인가요. 칭얼대는 아기를 포대기로 업고, 멸치를 달달 볶았습니다. 그때 배달이 왔습니다. 한 번에 생수 6병을 묶은 걸 양손에 하나씩 번쩍 들어 올리고, 기저귀 상자도 척척 옮겼습니다. 등에서 후끈후끈한 땀 줄기가 죽 흘러내렸습니다. 병원에 다녀오는 길, 주렁주렁 장바구니를 매단 채 유모차를 밀었습니다. 유모차에 탄 큰애는 잠이 들고, 포대기로 업은 아기도 잠이 들었습니다. 갑자기 먹구름이 몰려드는 하늘, 빗방울이 하나둘 떨어지자 유모차를 힘껏 밀었습니다. 집에 오자 몸은 찐빵이 되어 김이 모락모락 피어났습니다.

오랜만에 친구가 놀러왔습니다. 결혼을 안 한 친구는 저를 신기하게 쳐

158

다보았습니다.

"이젠 정말 아줌마처럼 걷네. 어쩌면 아기 엄마들은 다 똑같아."

"정말?"

그 말을 듣고 서글픈 표정을 감출 수가 없었습니다. 굵은 팔다리, 늘어난 뱃살, 거친 피부, 친구는 어깨를 두드리며 말했습니다.

"그래도 네가 부럽다. 인생을 혼자 걷는 건 참 지루해. 이렇게 가족이랑 함께 걸어가는 게 사는 것 같아. 봐, 네 두 팔에 세상에서 가장 예쁜 콩알들이 매달려 있잖아. 가장 큰 행복 맞지?"

제 입가에 활짝 미소가 피어났습니다. 제 남은 인생은 이제 '엄마'라는 이름으로 태어난 세포들이 부지런히 일을 할 것입니다. 언제나 힘이 불끈 솟는 헐크 같은 근육 세포들, 세월이 흐를수록 더 단단해질 것입니다. 또 빠르게 늙어 갈 것입니다. 하지만 전 슬프지 않습니다. 이것이야말로 또 다른 '진화'라고 말할 수 있으니까요. 오직 자식을 향한 진화, 제 몸이 그 어느 때보다 멋지게 변하는 시간입니다. 가장 아름다운 역사가 시작되는 것이 아니겠습니까? 눈물이 터지도록 벅찬.

■

일흔여섯 엄마

올해도 봄꽃이 아름답게 피었습니다. 지금 살아계신다면 엄마는 일흔여섯 번째 봄을 맞이하겠네요. 서른 살, 참 젊은 인생길에 여섯 살 딸을 두고 떠나셨어요.

꼬마 딸은 고생을 많이 했습니다. 오죽하면 엄마를 따라가려고 했으니까요. 모난 생각이 들 때마다 파란 하늘을 올려다보면서 미운 말을 많이 했지요. 하지만 당당한 딸이 되려고 한시도 멈추지 않았습니다.

어느덧 그 딸도 결혼을 한지 십 년이 되었습니다. 향기로운 술 한 잔 올리는 사위, 올망졸망 남매는 꽃다발을 들고 왔습니다. 외할머니를 만나는 날이 꼭 봄 소풍 같다고 노래를 부릅니다. 파릇파릇 잔디 옷을 입은 무덤, 팔랑팔랑 춤을 추는 나비, 비석마다 화사한 꽃들이 참 예쁩니다. 술에 취할 듯 꽃향기에 취할 듯 콧노래가 흘러나오는 이 봄날이 마흔 여섯의 딸은 너무 밉습니다.

160

엄마는 평생 따스한 봄날도 화려한 꽃구경도 못 해보았다지요. 전쟁과 가난한 살림, 네 딸을 키우며 혼자 병마와 싸웠던 시간들. 이제야 엄마라는 자리가 얼마나 어렵고 힘든지 알게 되었습니다. 그래서 참 야속합니다. 일흔여섯 엄마의 봄이.

솔직히 엄마가 그립습니다. 평생 그리워하며 살아야 하는 마흔여섯의 딸은 마지막 길을 가는 엄마가 눈도 감지 못하고 세상을 떠났다고 들었습니다. 끝까지 딸을 걱정해 주던 그 마음···. 이제는 좀 쉬세요. 먼 그 곳에서 구름길도 산책하고 별도 보면서 마음 편히 지내세요.

올해는 진달래꽃을 무덤 옆에 심었습니다. 두고두고 진분홍 꽃 같은 봄을 선사해 드리고 싶습니다. 누구보다도 눈부신 주인공처럼 빛나는 당신, 일흔여섯 엄마, 사랑합니다!

김경순

01 달팽이의 걸음으로
02 개미에 대한 小考

작가소개

2008년 『월간문학』 수필 등단. 한국문인협회, 음성문인협회 회원 충북여성문학상, 대표
에세이문학상 수상. 수필집 『달팽이 소리지르다』, 신문집 『애인이 되었디』.
dokjongeda@hanmail.net

달팽이의 걸음으로

　　언제부터였을까. 처음 그때는 햇빛에도 빛나던 카멜색이었다. 그런데 지금은 윤기라곤 찾아볼 수 없는 짙은 밤색이다. 충주 방향 36번 지방도 4차선 도로, 중앙분리대 밑에는 구두 한 짝이 주인을 기다리고 있다.

　　3월의 어느 토요일, 서울서 열리는 세미나에 가는 길이었다. 다행히 주말임에도 고속도로에는 차들이 그리 많지 않았다. 나도 모르게 액셀에 힘을 주게 되고 앞차의 속도에 맞춰 과속도 서슴지 않는다. 그때였다. 잘 달리던 앞차의 양쪽 바퀴에서 하얀 연기가 피어오르고, '끼익~' 소리를 내며 급정거를 하는 것이었다. 이것저것 생각할 겨를도 없다. 2차로로 넘어 갈 요량으로 핸들을 꺾는 찰나, '퍽'소리와 함께 무언가 큰 물체와 부딪쳤다는 느낌이 나고 그 뒤로는 생각이 나지 않는다.

　　달팽이가 천천히 점액질을 뿜어내며 길을 내고 있다. 아니다. 제 딴에는 뛰어가고 있는지도 모른다. 가는 길은 언제나 실패도 누구와 부딪치는 법도 없다. 답답해 보이는 건 우리뿐일지도 모른다. 무거운 제 집은 자신을 다스리고 고독을 삭히는 공간이다. 혼자 생각하고, 혼자 결정하고, 혼자 먹고, 혼자 길을 가는 달팽이는 철학자이다. 쉼 없는 사색도 도저하게 한다. 위험한 순간이 닥치면 온몸을 제 속으로 단단히 집어넣고 기다린다. 더듬이는 귀가 되고, 눈이 되어 세상과 소통을 한다.

　25t 덤프트럭과의 충돌로 잠깐 동안 의식을 잃었음에도 불구하고 내 차는 갓길에 서 있었다. 차는 조수석 쪽으로만 부서졌을 뿐 나는 멀쩡했다. 천우신조였다. 죽음이 그리 멀리 있지 않다는 것을 깨닫는 순간이었다. 카멜색 구두의 주인도 혹여 그때의 나처럼 겁도 없이 세상을 질주했던 것은 아니었을까. 달팽이가 느린 걸음으로 세상과 소통을 하는 동안 우리는 빠른 걸음으로 세상의 소소한 것들을 놓치며 살아가고 있는 것은 아닐까. 이제부터라도 달팽이의 느린 걸음으로 세상과 소통하는 마음의 더듬이를 키워 봐야겠다. 그나저나 카멜색 구두 주인은 자신의 구두가 밤색이 되었다는 것을 알기는 아는 걸까?

164

개미에 대한 小考

　　현관을 코앞에 두고 이리도 거대한 집을 지어 놓은 것은 우연의 일치는 아닌 듯하다. 그동안 개미들은 내가 얼마나 후덕해 보였을까.

　　우리 집에는 제집인 양 숙식을 해결하는 네 마리와 오다가다 들르는 녀석들까지 여덟 마리 남짓의 길고양이들이 있다. 그러다 보니 고양이 밥그릇엔 언제나 사료가 넉넉하다. 그런데 이 녀석들은 제 몸을 핥고 치장은 잘 하는데 비해 식사는 영 깔끔치가 않다. 언제나 밥그릇 주위에는 사료들이 떨어져 있다. 게다가 밖으로 떨어져 있는 사료들을 주워 먹는 법이 없다. 밥을 주고 한 시간도 못 돼 나가보면 그릇 밖으로 나뒹굴고 있는 사료 알갱이들은 개미에게 에워싸여 형체를 알아볼 수가 없다.

　　그러고 보면 내가 개미를 기르고 있는 셈이었다. 더듬이를 바짝 세우고 사료 알갱이를 이고 지고 줄지어 나르는 녀석들을 한참을 보고 있자니 웃음만 나온다. 그러니까 지금 내 눈 앞에서 열심히 사료를 나르고 있는 요

녀석들은 일개미일 것이다.

개미를 두고 어떤 학자는 동물 집단 중에서 제일 인간과 닮은 동물이라고 이야기 한다. 여왕벌을 중심으로 번식을 담당하는 수개미, 일만 하는 일개미, 적이 침입하면 제 몸을 던져서라도 막아내는 덩치 큰 병정개미. 개미는 '부지런함'의 대명사라고 해도 손색이 없다. 그런데 아이러니하게 개미 집단에도 빈둥빈둥 '노는 개미'들이 있다는 것이다.

노는 개미들은 일하는 개미들이 지쳐 있을 때 일을 대신하기도 하고, 개미굴에 일이 생기면 일사분란하게 다듬고 정리하여 복구를 한다고 한다. 이러한 노는 개미 덕에 개미 사회는 멸망하지 않고 생존을 계속할 수 있었던 것은 아닐까. 우리 눈에는 보이지 않지만 만약의 사태에 준비를 하고 있는 개미들이 많으니 말이다. 어찌 손톱보다 작은 개미의 역사 앞에 감히 덩치만 큰 인간의 역사를 논할 수가 있으랴.

허해순

작가소개

2008년 『월간문학』 수필 등단. 한국문인협회, 한국수필가협회, 미래수필문학회 회원. 공
저 『짧지만 깊은 이야기』 『힐링역에 내리다』 등. nobleher@hanmail.net

내 새끼 건드리지 마

"네 엄마 애먹이지 말고 그 자리에 가만히 좀 있어!"

자동차 밑에서 고물고물 움직이는 새끼를 향해 소리를 지르려다 목울대에서 삼킨다. 모성애가 유별난 어미가 알면 어떤 사단이 날지 모른다. 새끼를 낳고 예민해져서 자기가 제 새끼를 먹어치우는 걸로 적에게 방어를 한다고 들었기 때문이다. 다른 새끼 목덜미를 물어서 1차선 편도를 가로질러 오는 동안 끝내 먼저 데려다 놓은 새끼가 없어졌다. 어미는 야옹야옹을 반복하면서 눈에 쌍불을 켜고 이면도로 이곳저곳을 찾으러 다닌다.

키만 봐서는 다 큰 사내인데 단단하게 여물지 못한 아들은 체육복과 워크맨, 심지어는 도시락과 토큰까지 털리기 일쑤였다. 문제를 일으켜서 제적당했다 복학한 일명 일진의 소행이라는 걸 알게 되었다. 엄마가 나섰다가 마마보이로 낙인찍혀 중학 생활 내내 고통을 당한 사례를 지켜봤기에 섣불리 담임을 찾거나 직접 해결을 한답시고 일진을 찾아갈 수가 없었다.

그렇다고 아들한테만 맡겨둘 수는 더더욱 안 되는 일이었다.

　남의 일에는 객관적이고 이성적인 해결책이 보이는데 정작 내 앞의 불똥으로는 불내기 십상이다. 나는 학교에 가서 1교시가 시작될 무렵부터 교무실 앞 등나무 밑에 죽치고 앉아 있다가 청소시간이 끝나면 집으로 왔다. 아들이 달려오고 담임과 생활지도부장이 알게 되었다. 운동장에서 청소하던 일진도 또 그 무리들도 봤지만 내가 누구에게도 아무 말도 하지 않아서 이유를 알 턱이 없었다. 아들은 학교에 다닐 수 없다고 제발 그만 두라고 사정도 하고 협박도 했다. 그렇게 매일매일 무언의 시위를 하다 보니 담임과 아들은 관계가 밀착되어서 비상대책을 강구했다. 일진의 무리들만이 운동장 주위를 빙빙 돌며 내 동태를 살피고 있었지만 가타부타 한마디도 않고 짐짓 모르는 체 청소시간이 끝나고 종례가 시작되면 집으로 돌아왔다. 한 달쯤 이어갔다.

　의외로 담임은 일진을 두둔하고 계셨다. 아버지는 엄마가 없는 일진과 단칸방에 단 둘이 사는데 저녁에 나가서 아침에 퇴근한다고, 그래서 밥도 못 해주고 돈 몇 푼 쥐어주면서 겉돌게 하는 모양이었다. 더더군다나 단칸방에 여자까지 데려온단다. 담임은 내 맘을 풀어주려고 우리 얘를 어찌나 추켜세우시는지…. 그간 아들을 얼마나 다독였는지 짐작이 갔다.

　그 다음날부터 아들 몫의 도시락을 두 개씩 쌌다 아들은 두 개의 도시락을 말없이 들고 갔고 두 개의 빈 통을 들고 왔다. 그렇지만 몇 달도 못 되어서 일진은 어떤 사건에 휘말려서 다시 제적을 당하고 말았다. 조사 중에 그간의 소행이 밝혀지자, 피해 학생 학부모들에게 일일이 처벌을 원치 않는다는 서명을 받아야한다는 연락이 왔다. 나는 마지막 날 밤까지 버텼다. 나만 남았다고, 나 때문에 소년원에 가게 생겼다고 일진의 아버지는 전화 속에서 소리를 지르며 화를 냈다. 부조리한 법을 고치자고 받는 서명도 이보다 더 당당할 수는 없다. 적반하장도 유분수지 한 번도 미안하다는 말이 없었다.

동지섣달 한밤중, 자동차 밑에서 새끼들을 끼고 있다가 먹이를 구하러 이동하던 고양이가 요즘 보이지 않는다. 새끼들을 키워서 독립을 시켰나 보다. 내가 사춘기를 통과하는 아들과 함께 폭풍우속에서 노를 저었다지만, 엄동설한 자동차 밑에서 밤새우며 필사적으로 제 새끼를 길러내는 고양이의 노고만 하겠는가. 그러고도 성장한 제 새끼를 냉정할 만큼 미련 없이 떠나보낼 수 있는 생의 자세에 내 마음을 얹어본다.

내가 서 있는 곳

　내 가슴속에 혹이 생겼다. 의사는 원자력병원을 소개해줬다. 병원 침상에 붙은 이름표에는 '허해순, 31세, Cancer.'

　연년생으로 아이를 낳고 기르면서 시어머니와 시동생까지 함께 살게 되자 종일 노동으로 종종거렸다. 대학원에 가려 했는데 진학한다는 생각은커녕 다시 얻은 일자리마저 포기해야했다. 책임감과 그놈의 알량한 자존심 그리고 아리아드네의 실꾸리라고 믿은 내 사랑….

　나는 의외로 수술 날이 하루하루 다가와도 동요하지 않고 차분하게 그간의 삶을 되짚어보고 있었다. 괴물을 죽이고 아리아드네가 준 실끈을 따라 미궁을 무사히 빠져나온 테세우스는 순정을 바친 그녀를 버리고 도망쳤다. 혼자만 남겨질 남편 생각에는 눈물은커녕 재혼할 거라는 추측과 아울러 거부 못하게 옥죄는 시어머니와 시누이의 얼굴이 오버랩 되면서 괜한 오기까지 생기는 거였다.

　6인용 침상이 있는 그곳은 중년을 훌쩍 넘어선 여성들이 대부분이어서 내 새파란 젊음을 동정했다. 그때는 악성종양은 죽음을 의미했기에 아이가 몇인지 몇 살인지 물었다. 냉정하려고 마음을 다잡던 나는 아이에 대한 물음만 받으면 눈물이 쏟아져 내렸다. 내 눈 속 어딘가에 엄청난 양의 샘이 있고 아이라는 단어는 자동으로 샘이 흐르게 하는 것이다.

"세 돌 지나고 네 돌 지났어요, 하느님, 부처님, 삼신할머니!"

수술실 입구에서 온몸과 마음으로 세상의 모든 신을 부르며 절규했다. 그 순간 단 한 가지 소원은 새끼들에서 떨어지고 싶지 않다는 것. 얼마나 비장했는지 마취 주사를 맞고도 이름과 숫자 열까지 또렷하게 세어서 얼굴에 무언가를 덮어쓰고서야 가물가물 깊은 나락으로 빠져들 수 있었다.

수술 결과는 일주일 후에 나왔다. 악성으로 진행될 확률은 있지만 섬유종이라며 의사는 나더러 천운을 타고났다고 한다. 딸아이는 친정에 맡기고 아직 아무 짬도 모르는 세 살배기 아들은 집에서 시어머니가 돌봤다. 녀석은 목욕탕에 들어서자마자 입구에 있는 진열장에서 음료수부터 꺼내는데, 시어머니와 같이 간 날엔 음료수 진열장은 본체만체하고 바로 탕이 있는 곳으로 들어갔다고 한다. 언제나 제가 먼저 뛰어 들어갔던 집 앞 가게에서도 무언가를 사주려는 할머니에게 말없이 고개만 저었다 한다. 어깨를 늘어뜨리고 고개를 푹 숙이고 할머니를 따라 걷는 폼만으로도 풀죽은 모습이었다고 했다. 그 조막만한 얼굴을 창가에 대고 바깥 풍경만 응시하다가 갑자기 "엄마~~~!"라고 불러서 제 할머니에게 며느리 자리를 제대로 각인시켜준 내 새끼.

죽음의 문턱까지 생각했다가 일상으로 돌아와 가족들 챙기는 일에 힘을 쏟으며 살아왔다. 가끔 삶이 주는 생채기에 아프다가도 내 심장은 튼튼하고 어제 그랬듯 오늘도 내일도 내 서 있는 곳에서 실타래를 풀 것이다. "얘들아, 그 실끈 꼭 붙잡고 인생길이라는 미궁에서 잘 빠져나와야 해!"

작가소개

2009년 『월간문학』 수필 등단, 『시와사람』 시 등단. 한국문인협회, 광주문인협회, 죽란시
사회, 무등수필 회원. 공저 『결혼 닻, 또는 덫』 『마흔다섯 개의 느낌표』 등.
shin_saimdang@hanmail.net

붉은 여름이 간다

마음이 춥던 사람들 얼마나 따뜻해졌을까.

마음이 팽팽하던 사람들 얼마나 느슨해졌을까.

한여름 뙤약볕에 첨벙첨벙 바닷물로 뛰어들던 청춘들, 공사판에서 땀 방울을 뚝뚝 흘리던 노동자들, 결사반대 피켓을 들고 생존권을 부르짖던 주민들, 시린 바닷물은 그들의 열기를 얼마나 식혀주었을까. 얼마나 귀를 열고 포용해 주었을까.

사랑을 잃고 나무의 등거죽에 매달려 여름매미처럼 울던 여자, 이제 울음을 그치려는가. 그대 맑은 눈동자가 많이 그을렸겠다.

이글이글 타오르던 태양, 끝이 보이지 않을 것 같던 폭염이 한 발자국씩 물러서고 있다. 까만 꽃씨를 물고 고개 숙인 여름 꽃들, 요란하게 창을 두드리던 소낙비가 떠나간다. 정수리가 내려다보이던 어린 느티나무도 한 뼘만큼 더 자라 손을 흔든다.

떠나는 것들은 뒤를 돌아보지 않는다고 했던가. 주춤거리면서도 뒤를 돌아보지 않고 떠나는 여름, 붉게 타오르던 여름아, 잘 가거라. 너를 견딘 우리는 강하다. 네가 다시 뜨거워져 오는 날, 우리는 더욱 영글어서 반갑게 맞으리라. 내 미적지근한 생애도 열꽃 한 번 피워보자.

나에게 남은 여름이 몇 번이나 될지 모르지만 유독 핏발 선 눈으로 인내해야 했던 여름이 서서히, 아주 서서히 떠나가고 있다.

두 악동들

요란하게 개 짖는 소리가 나는 곳으로 달려가 보니 연우와 뽀동이가 함께 있다. 아마도 연우의 발걸음을 뽀동이가 따라나선 모양이다. 두 녀석 모두 두 돌이 안 된 천방지축, 아직 말귀를 잘 알아듣지 못한다.

연우가 처음 우리 집에 왔을 때 뽀동이는 사납게 짖어댔다. 한데 이제는 연우가 뽀동이의 귀를 잡아당기고 털을 뽑아대도 가만히 있다. 오히려 손가락을 핥아주고 저를 껴안다가 넘어질 때는 쿠션이 되어 주기도 한다. 영혼이 맑아 쉬이 교감을 한 모양이다. 아기 사슴처럼 잔디밭을 뛰어다니는 맑은 영혼들.

오늘은 두 녀석이 텃밭에 들어가 애써 가꾼 수박넝쿨을 짓밟아 놓고 올망졸망 달린 오이, 고추, 가지 등을 여러 개 따 놓았다. 진즉 낮은 가지 사과는 맺히기 무섭게 따 놓은 터, 야단을 치고 으름장을 놓아도 소용없다. 하지 말라는 짓은 유독 더 하고 아끼는 물건들을 순식간에 박살내기도 하는 악동들. 하지만 귀엽다는 이유로 다 용서하고 만다. 두 녀석을 쫓아 다니기엔 암소 세 마리쯤 몸보신을 해도 태부족이라고 호들갑을 떨어 보지만, 두 녀석이 시샘하듯 달려와 폭 안길 때면 가슴이 환해진다.

언제 연우가 말귀를 알아듣고 말문이 터져 함미~ 하고 부를지. 뽀동이야 영원히 멍멍~ 밖에 못하겠지만 두 녀석을 바라보기만 해도 환희에 넘치는 나는 매일 나날이 행복한 비명, 가슴이 맑은 햇살로 그득하다.

김진진

01 오늘 밤
02 그러니까 그게

작가소개

2011년『월간문학』수필 등단. 한국문인협회 회원. 관악문학원 문학아카데미 회장,『인헌문학』편집장 역임. 장편소설『오래된 기억』, 공저『마흔다섯 개의 느낌표』『대표에세이 30주년 기념선집』등. wf0408@hanmail.net

김진진 수필 01

오늘 밤

별을 바라보며 한번 쯤 흔들리고 싶다.

새끼 하나 낳아 두고 끼니 굶긴 못난 어미로 남지 않기 위해 푸른 능라를 짜듯 걸어온 지난 시간들. 함부로덤부로 살 수 없어 귀둥대둥 하지도 못했으니 나에게 고소한 맛이란 일찍이 없었는지도 모른다. 돌아보면 빈 들판처럼 아득하고 초록이 눈뜨는 시간마저 황량했다. 삶이란 꽃바람에 담쟁이 챗잎 넌출 대듯 뻗어기기긴 허는 깃은 이니었으니까. 지링이가 갯바닥에 토룡체를 쓰듯 삐뚤빼뚤 하기도 했으니까 말이다.

때로는 서로 무게가 맞지 않는 저울추처럼 한쪽으로 기울기도 하는 법. 가끔은 언틀먼틀 해서 드잡이하는 일꾼처럼 힘깨나 써 보았지만 균형을 저울질 하기란 역시 쉬운 일이 아니었다. 그렇다고 큰 까마귀처럼 목쉰 소리로 울어봐야 무슨 소용이 있겠는가.

푸나무에 서리 앉듯 고요히 내려앉아 간간이 사분거리는 바람소리를 듣는다. 갈비뼈 어디쯤에선가 오랫동안 중첩된 언어들이 다소곳이 일어서고 있다. 죽간 사이 글자들이 서서히 묵은 향기를 내품듯. 문헌처럼 새겨지는 알 수 없는 무늬들이 이음새 없는 선율처럼 또렷한 자취를 남긴다. 마음 경經 하나 덧대어지는 시간이다.

더도 덜도 아닌 적당함이 편안함으로 물들어가는 중이다. 익어간다는 것은 무언가를 거쳐 왔다는 것이니 어딘가에 지극함이 숨어있는 일이기도 하다. 불현듯 그 지극한 것들에 눈시울 젖는 까닭은 충만함 뒤에 비로소 맛보는 세월의 진미 때문이다. 그러니 오늘 밤, 지나간 시간들 속에 더께로 내려앉은 내 굳은 마음들을 가만히 흔들어 보고 싶은 것이다.

사개 틀린 격자처럼 조금은 삐뚜름하게, 바람이 체질 하듯 갈지자로.

180

그러니까 그게

섣달 스무이렛날, 춥고 캄캄한 밤이었지. 앞잡이 바람이 동네 고샅을 한바탕 돌아 푸른 고양이 울음을 다발로 풀어 놓을 때였어. 한 집안의 가장들이 모두 낡은 신발 끈을 풀고 대개는 잠자리에 들 시간이었으니까.

자근자근 두드리는 무언가가 기척을 알리기 시작했지. 숲의 정령들이 순식간에 기미를 챈 거야. 서서히 다가오는 발자국 소리. 알 수 없는 위엄과 지혜로 무장한 채 거역할 수 없는 무언가가 밤의 적막을 지배하며 다가온 거야.

바로 그때, 우주의 먼 끝에서 날아온 수신호 하나가 눈꽃처럼 엷은 빛으로 그 발등에 내려앉았지. 적당한 온기와 아름다운 그늘을 갖춘, 참으로 보드라운 빛이었어. 그저 보기만 해도 온화한 미소가 절로 번지는.

반가움에 잠시 숨을 고르는가 싶더니 마침내 앞으로 나아가기 시작하더군. 어두컴컴한 샛길을 조심조심. 몸을 미처 틀기도 전에 통~ 들이박기도 하고, 가파르게 곤두박질치기도 하면서 말이야. 그러다 툭툭 털고 일어나 고개를 갸우뚱거리기도 했지. 초행길이란 어차피 아슬아슬한 곡예나 마찬가지니까 '그럼 어때' 하는 표정으로. 가끔 놀라움과 두려움에 떨기도 했지만, 호시탐탐 신세계를 탐색하는 기특한 눈빛이라니.

가다가다 쉴 때면 곧잘 돌아서서 좌우를 살피기도 했지. 조금 지루하다 싶으면 '어쨌거나 이건 멋진 일 아니겠어?' 생각하듯이 자리를 박차고 일어나더군 그래. 그리곤 걸음을 재촉하는 거야. 하루 종일 걸어 마침내 어느 울퉁불퉁한 벽 앞에서 걸음을 멈추었을 때, 심호흡 한 번으로 드디어 결정 한 거야. 자, 뛰쳐나가기로!

내 삶의 축복이 된 사랑하는 아들아. 섣달 스무여드렛날, 너의 생일을 꼭 기억해 두렴.

전영구

작가소개

『문학시대』시 등단, 2013『월간문학』수필 등단. 국제펜클럽 한국본부 회원, 한국문인협회 권익옹호위원. 한국수필가협회, 가톨릭문인회, 경기시인협회, 수원시인협회, 문파문인협회 회원. 시집『뇌요』『애작』『낯선 얼굴』『손 닿을 수 있는 곳에 그대를 두고도』, 수필집『뒤 돌아보면』. time99223@hanmail.net

삶의 거품

눈을 감으면 모든 것을 잊을 수 있다고 믿으면서부터 생각이 복잡해지면 사람들은 기피 수단으로 눈을 감고 잠을 청한다. 잠에 들어선다 해도 내 의지와는 상관없는 그림이 그려지기 십상이다. 힘든 현실을 피해 들어간 꿈속이라고 해도 꼭 자신의 입맛에 맞는 인생이 그려지는 것이 아니기 때문이다. 더러 악몽에 들어서면 식은땀을 흠씬 흘리고서야 가까스로 빠져나오기도 한다. 악몽은 깨어남과 동시에 소멸이 되지만 다시 불만족스러운 삶과 대면을 하고, 치열하게 싸워 이겨야 하는 것이 삶이 주는 시험일지도 모른다.

살다 보면 허황된 꿈에 사로잡혀 현실을 애써 외면한 채, 뜬구름을 잡는 일들이 허다하다. 바람이 지나쳐 허상이 되는 과정은 누구나 한번은 겪어봤을 것이다. 8,145,060분의 1이라는 로또 당첨을 기대하면 만 원 이만 원을 아깝지 않게 투자를 하며 머릿속에는 이미 당첨 후의 자신의 모습을 그려보는 쾌감을 느껴보기도 한다. 행복과 불행으로 가는 잣대에 불안하게 걸터앉아 자신의 미래를 행복이라는 그림으로 그려보기도 한다.

백지에 자신이 꿈꿔왔던 이상을 그리듯 삶이 그렇게 쉽게 이루어진다면 행복은 쉽게 얻어지는 보너스 같은 것일 수도 있다. 각자 자신만의 꿈을 추구하며 가다 보면 이기주의만이 판을 칠뿐, 양보도 협력도 없는 각박한 세상이 될 것이다. 최고가 되기 위한 싸움은 더욱 치열해지고, 남을 위한다거나 더불어 산다는 것은 아예 기대도 하지 말아야 할 것이다.

세월이 약이라는 가르침처럼 거품 가득 낀 허황된 삶에 대한 집착은 현실에 순응하며 욕심을 버리려는 힘겨운 노력이 있고서야 고쳐지게 되었다. 평범한 가장이 되어 사소한 것에 웃음을 흘리고, 화를 내는 그저 그런 일에 익숙해진 삶의 여정은 늘 불만족이라는 거품을 걷어내고 나서야 투명하게 보이기 시작했다. 주어진 것에 대한 고마움을 알기까지는 자신을 낮추고, 겉으로 떠돌기만 하는 정신을 추스리는 싸움을 무수히 해야 한다. 내 눈에 보이는 것만이 내 것이고, 내가 누려야 할 행복임을 알기까지 더 많은 시간이 필요할지도 모른다. 부글부글 솟아오르는 삶의 거품을 걷어내는 작업이 여전히 진행되고 있음을 애써 감추며 하루하루를 투쟁 아닌 투쟁 속에 살아가고 있다. 속을 쉽게 보여주지 않는 삶의 거품을 거둬내기까지 여전히 마음속 욕망은 거대한 분출을 기다리는 휴화산 같이 끓고 있기 때문이다.

reform

삶의 방식이나, 의식의 구조를 새롭게 바꿔 현실보다 더 윤택하게 살고 싶은 욕망, 그런 삶을 살고 싶은 욕심이 없는 사람도 있을까? 누구도 자신의 앞날을 자기만의 색깔로 맘껏 칠할 수 없기에 펼쳐지는 인생의 파노라마는 가끔씩 절망이라는 철퇴를 맞기도 한다. 그 절망에 발목이 잡혀 한 걸음도 내딛지 못하는 우매함은 자신이 져야 할 숙제임에는 틀림이 없다. 힘들면 옆을 돌아보고, 때로는 뒤를 돌아보다가도, 안 되면 손 내밀어 도움이라도 청해 늪처럼 빠져만 드는 불행에서 자신을 건져 삶을 리폼하는 현명함이 때로는 필요하다.

일정한 시간에 일어나 출근을 하여 빡빡한 하루 일과를 보내고, 지친 몸으로 퇴근을 해, 다시 하루가 어제와 똑같이 반복이 되는 일상적인 직업을 가진 이들의 만족도는 바닥을 가리키고 있을 것이다. 나 또한 별수 없이 직장생활에 얽매여 쳇바퀴 돌 듯 하는 생활을 한 적이 있다. 지친 일과에 유일한 낙은 퇴근 후, 동료들과 값싼 안주에 소주를 마시는 것이다. 농담과 푸념을 일삼으며 만족할 만큼 취해야 썰렁한 숙소로 기어들어 가 파김치처럼 늘어져 잠을 잔다. 다음날이 오면 다시 정시 출근을 하고, 점심시간이 되면 떼를 지어 콘크리트 건물을 나와 배고픔을 해결한다. 그리고 다시 퇴근을 알리는 배꼽시계의 정확성에 탄복을 하며 회사를 나서는 그저 그런 삶을 영위하고 있었다. 한 치 앞을 내다볼 수 없었던 암흑 같던 시기, 꿈도 희망도 없이 그저 눈앞에 주어진 업무 수행에만 급급하던 시기였던 셈이다.

일상이 주는 지루함과 포기하고 싶은 나약함을 버리고 다시 활기찬 삶을 영위하기 위해서라면 한 번쯤 과감한 리폼이 필요하다. 누가 내 삶을 바꿔줄 수 없는 일이라면 스스로 개척하는 방법밖에는 없기 때문이다. 고된 생활에 얽매기보다는 잠시 여유를 갖고 뒤돌아보며 동행을 해야 할 것과 새롭게 리폼을 해야 할 것을 정확히 정하고 실행에 옮기는 것이 행복으로 가는 지름길인 것이다.

인생사에 그려보지 못했던 미지의 세상으로의 변화는 늘 위험을 감수해야 한다. 그러나 성취했을 때의 기쁨은 배가 되기 때문에 한 번쯤은 심각하게 삶의 리폼을, 그리고 그 설계도에 따라 신중하게 변화를 추구해 나만의 색깔로 사는 것도 괜찮은 삶의 방법 중 하나일지도 모른다.

김기자

작가소개

2013년 『월간문학』 수필 등단. 한국문인협회, 충북문인협회 회원, 대표에세이 문학회 주간. 공저 『대표에세이 선집 30주년 기념』 『짧지만 깊은 이야기』 등.
kkj8856@hanmail.net

미래의 일기장

다가올 예측불허의 시간 앞에 선다. 젊음이 쏟아지는 거리에서 유독 느린 걸음을 얼비치며 어딘가를 향하는 내가 있다. 지나온 날들이 짧기만 한데 언제 이렇게 늙어버렸는지 당혹스럽다. 고립감에 휩싸이기 시작한다. 휘어진 등줄기에서조차 살아온 그림자가 여러 겹으로 매달려 바람에 일렁거리고 있다. 저녁노을과도 같고 가지 끝에서 힘겹게 남아 있는 낙엽과도 같은 풍경이다.

이런 상상은 단지 의청스고 편이니는 깃들에 블괴히디. 그금 디 네먼스로 들어가노라면 두려움이 더 짙게 깔려 있는 것을 알 수 있다. 왜 그리 아등바등 살았는지 모르겠다. 누구나 뜻하는 대로의 삶을 살아갈 수는 없지만 이렇게 인생 무대에서 막바지에 이른 자신의 모습을 볼 때 조금이라도 후회스러움에서 벗어나기를 소원하는 마음은 어쩔 수 없다.

새로운 미래의 풍경을 찾아 떠난다. 지금의 내가 덜 자란 어른에서 충분히 자란 어른으로 살아가고 싶다. 인생은 연습이 없다고들 한다. 그래도 어디쯤에는 무의식의 자아가 항상 옳은 길로 가기를 애쓰며 인도해 줄 것을 믿는다. 육체는 쇠하여 갈지라도 마지막까지 지혜로운 삶으로 갈무리하고 싶을 뿐이다.

미래의 나와 만나는 시간에 깊은 의미를 깨닫는다. 친구를 만나듯 부모 형제를 만나듯 평안을 꿈꾼다면 나머지 인생이 여유로울 것만 같다. 그러기 위해서는 삶의 무게가 가벼워지도록 해야겠다. 더 원한다면 남은 인생의 흐름에서 격한 파도를 타지 않았으면 좋겠다.

저만큼 키 작은 할머니가 보인다. 헐렁한 옷차림과 숱 없는 머리 위로 포근한 모자가 씌워져 있다. 말간 안경너머로 다가오는 세상이 모두 익숙하다. 내려놓은 지난날의 젊음이 살며시 다가와 어깨를 감싸며 위로해주고 있다. 담담한 표정이다. 외로움보다는 가슴속에 가득 채워진 지나간 시간들이 하나둘 뒤따르며 회심의 거울을 들여다보게 한다. 이렇게 미래의 나와 조우하는 순간이 그림처럼 차분하다. 그때를 위해 써내려가는 일기장의 내용들이 무리 없도록 늘 애쓰며 살고자 한다.

할미새의 눈물

기쁨에 겨운 눈물이었다. 살면서 그다지 그런 경우는 드물었기에 나 자신도 조금은 놀랄 수밖에 없었다. 분명 그 순간의 눈물은 달콤한 맛이었으리라 믿고 싶다. 고통과 슬픔이 동반된 눈물과는 전혀 달랐던 그때의 기억이 오랫동안 나를 즐겁게 하고 있으니 자랑마저 끝날 줄을 모른다.

누구나 그러하리라. 아장아장 걸음마로 다가오는 손녀의 모습을 보노라면 마음이 어찌 움직이지 않을 수 있겠는가. 세상을 다 얻은 듯 짜릿하게 오르는 벅찬 감정 때문에 실없어 보일지라도 그저 좋다. 주체 못하는 기분은 바람개비처럼 돌아야 하는 새가 될지언정 삶이 전혀 무겁거나 고단하다고 느끼지 않는다. 그렇게 나는 할미새가 되어 버렸다.

손녀가 정확하지 않은 발음으로 할미를 불러줄 때에는 모든 근심이 사라져 버린다. 천사를 만나는 기분이 이런 것일까. 마음 전체가 하얗게 물들고 아침의 신성한 빛을 보는 듯하다. 아무것도 생각하고 싶지 않다. 다만 지금이 나를 최고로 행복하게 해주는 시간의 선물이라고 말할 뿐이다.

인생의 절반을 훨씬 지나온 이 순간, 과연 내게 남겨진 것은 어떤 것들이 있는지 돌아본다. 물질일까, 아니면 살아가기 위해서 갖추어야 할 구비 조건들일까. 생각해보면 별로 흡족한 것들이 떠오르지 않는다. 그런 와중에 가장 내 마음을 사로잡은 새로운 사건은 오직 자식으로 인해서 얻어지는 기쁨이었다.

지나온 날들이 나를 버리지 않았다. 나 또한 알뜰하게 매달리며 최선을 다해온 날들이었다. 그 속에서 어느덧 할미새란 이름을 얻은 후 초월한 공간을 자유롭게 날기 시작했던 것이다. 조금 먹어도 배부르며 조금 입어도 춥지가 않다. 이렇게 할미새는 오늘도 삶의 의욕을 모으기에 한창이다. 세상을 보는 눈이 온화하게 열리고 마음조차 여유롭다.

지난날 고비마다 뿌려야 했던 눈물이 떠오른다. 그중에서 오늘의 눈물을 얻기 위해 참고 견디며 걸어왔나 보다. 가장 평범하면서도 합당한 길이었다고 생각한다. 뿌듯하다. 할미새는 이제 아깝지 않은 사랑의 날갯짓을 맘껏 이어가리라. 가슴 뜨겁게 가족이란 굴레 안에서.

김영곤

작가소개

2014년 『월간문학』 수필 등단. 한국문인협회, 종로문인협회 회원. 국제문학상 수상. 공저
『짧지만 깊은 이야기』 등

김영곤 수필 01

불안한 것들에 대하여

불안은 나의 그림자와 같다. 그림자 없는 삶이 어디 있을까. 그림자가 움직인다는 것은 살아있다는 것이다. 불안이 꿈틀거린다는 것은 내가 존재한다는 것이다.

리우 올림픽 축구 중계를 보고 있을 때다. 압도적으로 한국이 경기를 주도하다가 기습적인 골을 허용했다. 20여 분 남은 상태라 충분히 동점과 역전 골을 기대하며 안심하다가 점점 시간이 속절없이 풍화되자 선수들도 관중들도 불안해졌다. 겨우 2분만 남게 되자 '골을 넣을 수 있을까'라는 불안감이 극도에 달했다. 결국 8강에 탈락을 했고 나도 함께 탈락한 기분이 되었다.

주위를 조금만 둘러봐도 조마조마 가슴 졸이는 삶들이 일상이다. 합격이나 승진 명단에 내가 없을까 봐, 시험이나 인사고과 점수가 못나올까 봐, 기대치에 밑도는 성과를 냈거나 또는 그렇게 될까 봐, 실력이 점점 떨어지거나 뒤처진다는 위기감을 느낄 때, 자녀의 늦은 귀가나 마감 시간에 쫓길 때, 카드가 연체되거나 손님이 너무 없을 때, 폭염, 폭우, 폭설, 가뭄일 때, 빙판길이나 빗길을 운전할 때, 자녀나 곡식이 순탄하게 자라지 않을 때, 갑자기 불이 꺼지거나 괴성이 들릴 때, 무대에 서거나 발표를 해야 할 때, 신체적 수치심을 느낄 때, 어머니의 주름살이 유난히 골짜기 같을 때, 심지어 행복한 사랑의 순간조차도 오래 지속될 수 있을까 하는 쪽지가 만져질 때… 이처럼 우리를 불안하게 하는 것들은 그림자처럼 나와 함께 숨쉬며 살고 있다.

돌이켜보면 불안 때문에, 불안의 감정 덕분에 삶의 에너지를 더욱 강력하고 치밀하게 만들어낼 수 있었고, 위기나 위험 또는 절망을 뛰어넘고 한층 더 성장해나가는 나를 보며 전율하게 된다.

불안은 불 안, 또는 물 안에 있는 듯한 상태이다. 외부로부터 오는 불안도 많지만, 실제로는 내가 키운 두려움이라는 괴물 때문이기도 하다. 나를 먼저 되찾으면 되리라. 내가 마음먹은 대로 불도 물도 조절할 수 있는 존재로서의 나를 밝게 켤수록 그림자는 옅어지리라.

김영곤 수필 02

바닥의 향기

　　손바닥으로 발바닥을 품는다. 바닥이 바닥을 품는다. 서로 포옹하는 그 순간, 바닥은 노을처럼 황홀히 타오르다 바닥이 사라진다.

　바닥이 꿀꺽 삼켜버린 여인이 있었다. 태어난 지 겨우 19개월 만에 열병에 못박힌 헬렌 켈러, 눈과 귀와 손이 바닥에 갇혀 세상과 단절된 그녀, 그 바닥에게 또 다른 바닥이 찾아왔다. 바닥과 바닥이 으스러지게 포옹하자 바닥은 점점 하늘로 뻗어 누구나 예를 갖추는 세계적인 이름이 되었다. 5개 국어를 구사하며 바닥을 일으키는 전설이 된 헬렌 켈러.

　그녀의 바닥을 일으켜 준 선생님은, 7세 때부터 동행한 앤 설리번이었다. 한때 그녀도 5세 때 시력을 잃고 8세 때 어머니를 잃고 빈민보호소 맨 바닥에 내버려졌었다. 동생마저 죽자 깊고 완강하고 넓고 끝없는 바닥 속에서 세상 문을 잠궜던 그녀, 설리번이었다.

　이 설리번의 늪지대 같은 바닥에 무릎 꿇고 스스로 바닥이 되어준 건,

은퇴한 간호사 로라였다. 로라는 어린 것의 괴성과 몸부림이 고통의 호소란 걸 잘 이해했었다. 그래서 진정제 주사 대신 책으로 치유하며 손을 잡고 기도하는 시간이 많았다. 마침내 학교도 수석으로 졸업하여 교사가 되고 수술로 시력까지 되찾은 앤 설리번, 그 설리번이 일곱 살의 헬렌 켈러를 만났다.

바닥과 바닥이 핵융합하여 천지의 마음을 뒤흔들었다. 지금은 지상에 없으나 오히려 별보다 더 많이 떠 있는 그녀는 별빛으로 나의 흙투성이 발바닥도 씻겨주었다. 서투른 조직 생활 속에서 틀리는 가사, 틀리는 목소리, 틀리는 박자를 틀던 내가 불의를 못 참고 나 스스로 바닥으로 내려간 적이 있었다. 바닥은 상상 이상으로 냉정했고 다시 튀어 오르기엔 너무 강력한 중력의 힘을 느꼈다. 하지만 그녀가 있었다. 보이지 않는 그녀의 손바닥을 잡고 아무 일도 없었던 것처럼 일어날 수 있었다.

엄동설한 바닥을 만났는가. 나도 눈물을 다해 포용하는 사람이 되고 싶다, 바닥이 바닥날 때까지. 나의 진실된 마음이 깊이깊이 혈액처럼 흐르다가 누군가의 바닥에 향기로운 꽃을 피우고 싶다. 바닥이 지워진 자리, 꽃향기가 울창한 그 거리를 걷고 싶다.

전현주

01 산딸기
02 배내 파마

작가소개

2015년 『월간문학』 수필 등단. 한국문인협회, 한국수필가협회, 음성문인협회 회원. 공저
『짧지만 깊은 이야기』 등

전현주 수필 01

산딸기

그곳에 산딸기가 많다는 정보는 사흘 전에 입수되었다. 평소 친하게 지내는 옆집 언니가 상기된 얼굴로 찾아와 나에게만 살짝 그 사실을 알렸다.

우선 날을 잡았다. 아이들 학교 행사가 있는 다음 날과 비가 온다는 그 다음 날을 피하고 보니 자연스레 오늘이 거사일로 낙점되었다. 이럴 때 가장 중요한 것은 보안유지다. 어찌어찌 소문이 나기 시작하면 그곳의 산딸기는 남아나지 않을 게 뻔했다.

옆집 언니는 짙은 선글라스에 화려한 스카프를 매고 나타났다. 양손에 김치통을 들고 있었다. 시골 아낙네 차림으로 변장한 나는 언니 것보다 더 큰 통으로 꺼내 들었다.

산길로 접어들고도 또 한참을 굽이굽이 달려서야 목적지에 도착했다. 언니가 실습을 다녔던 요양원은 그 자리에선 보이지 않았다. 내가 갓길에 주차를 하는 동안 언니는 먼저 차에서 내려 현장을 확인했다. 이리저리 풀숲을 살펴보더니 할 말을 잃은 듯 우두커니 서 있었다.

산딸기가 사라졌다고 했다. 그 많던 딸기가 전혀 안 보인단다. 둘이 함께 그 근처를 샅샅이 뒤져보았지만 산딸기는 없었다. 믿기지 않았다. 그나마 나는 덜 했다. 딸기를 직접 봐 두었던 언니는 얼이 다 빠져나간 표정이었다. 나는 '푹'하고 웃음이 터져 나왔다. 언니도 금방 울어 버릴 것 같은 얼굴로 웃기 시작했다. 우리는 우스꽝스러운 모습으로 망연자실해 있는 서로를 바라보며 한참을 그렇게 깔깔대고 웃었다.

차를 돌리기 위해 올라간 산길 끝에서 요양원 건물과 맞닥뜨렸다. 치매노인들과 환자들이 머물고 있다는 그곳은 산속에 있으리라고는 짐작할 수 없을 만큼 규모가 컸다. 요양보호사의 손에 이끌려 나와 해바라기를 하던 몇몇 노인들이 흐린 눈빛으로 우리를 쳐다보았다.

늦은 밤 주방 한구석에 던져두었던 김치통을 치우려다 보니 짓무른 산딸기가 네 개 들어있다. 그마저 비우고 돌아서는데 마음 한 자락이 헛헛하다. 오늘은 먹어도, 먹어도 허기가 진다.

배내 파마

나는 파마를 하고 태어났다. 아무도 미리 내게 어떤 모습을 원하는지 물어본 적이 없었다. 어쩌다 밥솥의 뜨거운 김이라도 쐬는 날이면 앞머리는 사방으로 덩굴손을 뻗어대는 식물처럼 변해 버렸다. 가랑비를 맞으면 머리 전체가 감전된 듯 빠글거렸다. 앤 셜리가 홍당무라고 놀리는 길버트의 머리를 석판으로 내려치며 빨간 머리로 고민할 때, 나는 고약한 곱슬머리와 씨름하고 있었다.

두발 검사가 있는 날이면 매번 구구절절 설명해야 하는 상황이 벌어졌다. 어느 선생님은 파마 의심자인 내 머리에 기어이 분무기로 물을 뿌려 확인해 보신 적도 있었다. 머리 한 움큼을 실컷 적셔 놓고 얼쭘해 하시던 선생님의 표정이 아직도 눈에 선하다.

그런데 언제부터인가 사람들이 이런 나를 부러워하기 시작했다. 모르는 사람이 다가와 넌지시 파마의 이름을 묻거나, 어디에서 한 파마냐며 말을 건네는 일이 잦아졌다. 곱슬머리라고 설명을 해도 못 믿는 눈치였다.

아이를 낳아 놓고 보니 셋 모두 곱슬머리다. 다행히도 미안해하는 엄마의 마음은 아랑곳하지 않은 채 아이들은 펴고 싶으면 펴고 그대로 있고 싶으면 그대로 있다. 이것도 저것도 나름대로 다 좋단다. 그렇다면 나는 그 둘 중 하나를 선택할 수 없었다고 화를 냈다는 말인가?

지금까지 몇 번의 부질없는 시도가 있었다. 큰 기대를 걸고 과감한 머리 모양에 도전해 본 것이다. 하지만 그때마다 참패였다. 놀랍게도 내 곱슬머리는 적은 머리숱을 두 배로 많아 보이게 하고, 큰 얼굴을 작아 보이게 하는 고난도 특수효과를 담당하고 있었다. 나는 그제야 누군가 신중히 배려하고 심사숙고해 준 듯 느껴지는 내 숙명을 순순히 받아들일 수밖에 없었다.

이제 머리와의 실랑이를 끝내려고 한다. 배내 파마를 한 지 수십 년이 되다 보니 이제는 살살 다루는 요령이 생겼고, 사람들에게 종종 듣곤 하는 얼마나 좋을까 라는 말도 싫지만은 않은 까닭이다. 파마와 염색을 하지 않아 내가 벌어들인 돈과 시간들은 다 어디에 모여 있을까? 나는 지금부터 그것들을 인출하여 멋있게 쓸 궁리를 해 볼 작정이다.

김정순

작가소개

2015년 『월간문학』 수필 등단. 한국문인협회 회원.

김정순 수필 01

두 얼굴

사위가 운전하는 차를 타고 동네 골목길을 지나고 있었다. 길가에 삐딱하게 세워둔 고급 외제 차가 있어 숨을 죽이며 빠져나와야 했다. "부딪치려면 부딪쳐 보라는 것 같이 대 놨네." 남편의 말에 사위가 수입 차를 박았다가 덤터기 썼던 사람 얘길 꺼냈다. 순간 내 입에서 툭 튀어나온 말이 "외제 차라고 까불고 있어~"였다. 옆자리에 있던 딸애가 "엄마는 그 사람 앞에선 아무 말도 못 할 걸" 하면서 내 말투를 흉내 냈고, 차 안에 있던 식구들이 큰소리로 웃어댔다. "집에선 독재자인 우리 엄마, 밖에서는 사람들이 천사라 부를 거야. 이해심 많고 화낼 줄 모르는 사람으로 알고 있을 걸. 우리는 빵이나 과자 하나 살 때도 몇 번씩 들었다 놨다 하며 사는데." 딸의 말에 남편이 한마디 거든다. "아빤 커피 한 잔 마실 때도 네 엄마 눈치 본단다."

살면서 다른 사람들과 다투어 본 적이 별로 없다. 누군가 내가 하지 않은 일을 했다고 뒤집어씌워도 시간이 지나면 알게 될 거라며 지나쳤다. 억대의 돈을 사기당하고 밤마다 잠을 설치면서도 욕 한 번 하지 않았다. 싸운다고 달라질 것 같지도 않았고, 또 억울하고 화가 나 '따져보리라' 생각하면 왜 그렇게 가슴이 두근대는지. 결국, 나는 사람들 앞에서 순한 양처럼 지냈다. 남들에겐 늘 미소 지으며 인자한 척하면서 집에서는 별것 아닌 일에도 버럭 소리 지르며 살았다. 숨기고 싶은 내 모습을 흉내 내며 신나게 웃는 식구들을 따라 웃었지만, 왠지 편치 않았다. 어쩌다 두 얼굴을 갖고 살게 되었을까. 지금까지 거꾸로 산 건 아닐까. 아마도 식구들은 내 아집과 독선에 많이 피곤했을 거다. 삐딱하게 서 있던 외제차가 내 모습 같다.

김정순

김정순 수필 02

풀벌레 소리

소리 속에 살면서도 의식하지 못하고 지낼 때가 많다는 것을 이즈음에야 깨닫는다. 밤이 이슥해 잠을 청하다가 풀벌레들의 계절이지 싶어 귀를 모아 보았다. 베토벤의 교향곡 '운명'처럼 힘찬 소리가 들리기도 하고, 저 한편에서는 작고 여린 소리가 쏟아져 나오고 있었다. 그동안 무엇에 팔려 아무것도 듣지 못했을까. 정작 들어야 할 소리를 놓치며 살고 있는 것은 아닌지, 두려웠다.

'찌르륵 찌르륵 찌르르 쏴~' 풀벌레들 소리가 어둠을 뒤흔든다. 맺힌 한이 얼마나 많기에 밤을 새워가며 울어댈까. 쉬지 않고 울부짖는 저들이 부럽다. 나 또한 실컷 울어라도 봤으면….

10년 넘도록 먹어 온 약 부작용으로 힘들어하는 딸에게 몹쓸 병이 하나 더해졌다. 어떻게 견뎌 낼까. 어미로서 도울 일이 아무것도 없다. 오직할 수 있는 거라고는 신 앞에 엎드리는 일뿐이다. "제발 딸의 병을 고쳐주

대표에세이

세요." 마음을 쏟아붓는다. 기다리던 그분의 음성은 들리지 않고 풀벌레들 소리만 맴돈다. 저들이 쉼 없이 외치는 것처럼 신이 내게 끊임없이 말하고 있는데도 듣지 못하고 있는 건 아닐까.

시간이 꽤 지난 듯한데 풀벌레들 소리는 여전하다. 씨름하며 엎드려 있는 내게 힘내라고 응원하는 노래 같다. 들끓던 걱정이 차츰 잦아들면서 고통스럽던 순간마다 붙들어 주셨던 일들이 떠오른다. "내가 네 딸과 함께하고 있단다." 비로소 그분의 음성이 가슴을 두드린다.

한철 살다가 가는 풀벌레들이 내 영혼을 깨워 힘을 주듯, 딸이 아픔을 잘 이겨내도록 용기를 불어넣는 어미가 되고 싶다.

강창욱

작가소개

2015년 『월간문학』 수필 등단. 『The Last Journey of Jack Lewis』(영문소설, Westbow Press), 『기도에 대하여』(단행본), 『춘원 이광수와 정신의학의 발전』『춘원의 영적 순례』(논문).

나그네가 쉴 곳은

갓난아기를 가슴에 안고 가방을 든 젊은 남자는 철길에 무거운 발을 하나씩 옮긴다. 가끔 먼 곳을 무표정하게 바라본다. 젊은 여인이 댓 살쯤 되는 계집아이의 손을 놓칠세라 꼭 잡고, 다른 한 손으로 남자의 옷자락을 움켜쥐고 타박타박 남자를 따라 걷는다. 가끔 남자의 표정을 훔쳐본다. 낯선 땅에서 무엇이든 믿고 싶을 것이다. 이 나그네들에겐 철로가에 화사하게 핀 코스모스가 보이지 않는다. 그들은 이 길이 어디로 가는지도 모른다. 어린 계집아이는 때때로 짜증을 부리려다가도 마치 무슨 결심이라도 한 듯 슬픔을 담은 그 예쁜 입을 뾰족이 내밀며 불평을 참는다. 곧 해가 질 텐데, 이들이 어디서 밤을 샐 것인가. 저 지평의 해마저도 약간의 빛을 남겨둔 채 가버린다. 밤하늘의 별들에게 그들을 맡기고 가버린다. 그들이 오늘 밤은 어디서 지나야 할지 저 별들도 모른다. 내일이면 우리는 그들을 잊어버릴 것이다.

아프리카 대륙에서 발상한 인류는 먹을 것과 살 곳을 찾아 긴 여행을 하였다. 구약성경의 아브라함도 모세도 여호수아도 방랑을 하며 주님이 인도하신 곳으로 가야 했고, 미국은 고향을 떠난 사람들이 대양을 건너와 이룬 나라다.

우리 한민족도 큰 역경을 겪었던 적이 있었다. 6·25 발발 열흘 뒤, 서울에 살던 맏형의 가족들이 새벽녘에 트렁크를 들고 표정 없이 우리 집 문을 들어설 때 어린 나도 가슴이 뭉클했다. 어머니의 눈시울이 하루 종일 젖어 있었다.

독일에서 사역을 하는 목사님이 주일 설교에서 자기는 독일로 돌아가면 중동난민들의 정착을 도울 수 있는 기회를 얻게 되어 감사하다고 했다. 하지만 저녁 뉴스가 끝나면 길잡이 없는 저 나그네들, 오늘 밤에 밤공기를 막아주고 피곤한 몸들을 누일 공간을 어디에서 찾을 것인가?

자전거 왕국

　　암스테르담이 자전거의 도시라는 것은 알고 있었지만 그 수
는 놀랍게도 많았다. 출퇴근 시간대 그 많은 자전거의 질서 있는 움직임은
율동적이고, 교차로에서 한쪽 팔을 살짝 올려 방향 신호를 하고선 모퉁이
를 쑥 돌 때는 무용 같았다. 아침에 수많은 무리 속에서 엄마와 딸이 담소
를 나누며 나란히 페달을 밟는 정경은 정겹고 포근하다. 무슨 얘기를 저렇
게 정답게 하는지, 친구 얘긴가, 새로 산 드레스 이야긴가.

　아버지는 직장으로 아들은 학교로 가는 것이리라. 그들도 정답이 리듬
에 맞추듯 페달을 밟는다. 풋볼 얘긴가, 학교 여친 얘긴가. 석양에 자전거
를 타고 지나던 젊은 남녀가 내게 미소를 던지더니 마치 두 사람이 발레
파드되를 하듯 오른편 다리를 똑같이 홀쩍 올리더니 자전거에서 살풋 내
려 가두 레스토랑에 자리를 잡는다. 이 연인들은 오늘 저녁에 운하 옆의
잔디 위에 자전거를 눕혀놓고, 비스듬히 앉아 달큼한 속삭임을 나누리라.

화란을 자전거 왕조라고 한다. 화란 왕가의 누구든지 자전거를 타고 평민처럼 나들이를 즐긴다고 한다. 33년간 왕조를 지켜온 베아트릭스 여왕은 정정한데도 왕자에게 양위를 하고 자전거를 타고 다니며 평민과 같이 나들이를 즐긴다고 한다.

내가 열 살쯤에 우리 집에도 자전거가 있었다. 아이들의 노리개 삼륜자전거를 가질 여유는 없었지만 아버지의 자전거를 운전할 수 있었다. 키가 작은 나는 오른 다리를 자전거 등뼈 밑으로 넣어 반대쪽 페달에 발을 얹어 몸을 자전거 등뼈에 기대어 간신히 평형을 잡고 다녔던, 신나고 즐거웠던 기억이 되살아난다.

화란의 자전거는 내가 어릴 때 타고 다니던 그것과 같은 모양이었다. 옛것을 지키고 쓸모를 중시하며 검소한 화란 사람들에게는 모양을 고칠 이유가 없을 것이다. 가장 자유롭다는 도시, 암스테르담의 질서는 더욱 아름다웠다.

신순희

작가소개

2015년 『월간문학』 수필 등단. 월드코리안신문 이민문학상 수필 우수상, 재미수필문학
가협회 재미수필 신인상, 서북미문인협회 뿌리문학상 수필 우수상. 미국 워싱턴주 시애
틀 거주.

오레곤 바다를
가보셨나요

시원한 태평양으로 탁 트여 있는 바다. 오레곤에 살 때는 종종 바다를 찾았다. 고국을 떠나 마음 붙일 곳 없던 시절이었다. 철 지난 바다는 늘 성이 나 있었다. 차갑게 끈적이는 바람과 시퍼렇게 밀려오며 뒤집히는 파도, '나는 바다다' 함성 지르는 바다를 볼 수 있다. 그곳에 망연히 서 있으면 답답한 가슴의 응어리가 풀렸다. 끝없는 수평선 저 너머에 어머니가 있다.

그때 남편은 원 없이 낚시를 했다. 시사이드 바닷가에 솟아오른 미끄러운 바위에 올라가 우럭같이 생긴 '락피쉬'를 잡았다. 겨우 한 마리를 가지고 회를 칠까 매운탕을 끓일까, 의기양양했다. 작은 물고기 하나가 불안한 시야를 말끔히 씻어주고 자신감마저 주었다. 웨이더를 입고 파도가 줄줄이 밀려오는 바다에 들어가 낚싯대를 던지면, 몇 시간이고 그 자세로 서서 물고기가 낚이기를 기다렸다. 자신과의 싸움이었다. 주변의 모든 것은 사라지고 오로지 낚싯대를 잡은 손끝으로 전해오는 낚싯바늘에 온정신을 집중시켰다. 운이 좋은 날에는 은빛 찬란한 '퍼치'를 무더기로 잡았다.

통통한 퍼치를 손질하려고 배를 가르면 알 대신 열대어같이 자잘한 새끼가 나온다. 퍼치는 생김새도 아름답지만 맛 또한 기막히다. 소금을 조금 뿌려 냉장고에서 꾸덕꾸덕 말렸다 구우면 조기 맛이 난다. 어머니가 석쇠에 구워 주던 조기 맛이다.

틸라묵 어딘가 바닷물이 도랑 같이 갇힌 곳에서 가오리만 한 가자미를 잡았다. 양동이에 한 마리 담으면 꽉 찼다. 너무 두꺼운 살이 퍽퍽할 것 같지만 그것을 졸이면 병어같이 새하얀 살이 얼마나 연하고 쫄깃한지, 생각만 해도 좋다. 그 맛을 잊지 못해 나중에 다시 그곳을 찾았건만 가자미는 없었다. 정확히 말하면 바닷물이 지형을 바꿔놓아 도랑이 사라졌다. 유심히 보면 바다도 변한다. 변하지 않는 게 있다면 그건 어머니의 사랑이 아닐까.

뉴포트에 가서는 홍합을 땄다. 갯바위에 무진장 달려있는 홍합을 칼로 떼어내도 힘들지 않은 것은, 바다에서 보물을 캐낸 기분 때문이다. 실제로 집으로 돌아와 홍합 입을 열었을 때, 그 안에 품고 있던 좁쌀만 한 분홍빛 진주를 발견했다. 예쁜 조개만 진주를 품는 줄 알았다. 볼품없는 홍합에도 진주가 있는지 몰랐다. 누구나 상처를 보듬으면서 살아가고 있다. 홍합이 준 진주 몇 알을 기념으로 간직하고 있다가 이사하면서 버렸다. 떠날 때는 빈손이 좋다.

춥고 바람불던 그 바다가 추억 속에서는 따뜻하다. 시애틀에 살면서 여름이면 우리 가족은 한 번씩 오레곤 바다를 찾는다. 풍성한 물고기를 잡은 것이 그립기도 하지만, 검푸른 태평양 너머 어머니가 그리워서다.

해바라기

이글거리는 꽃잎, 해를 닮은 꽃. 꽃집에서 해바라기를 발견하면 언제나 사고 싶다. 그냥 한 송이 굵은 가지를 아무 병에나 꽂아두면 된다. 고운 꽃이라 망가질까 신경 쓸 필요도 없고 금세 시들까 염려하지 않아도 된다. 바라만 봐도 가슴이 시원하다.

질투하지 않는다. 태양의 신, 아폴로를 향한 요정의 서글픈 사랑이 그저 바라만 보다 꽃이 되었다. 아침에는 동쪽으로 저녁에는 서쪽으로 얼굴을 돌리는 꽃, 정말 신기하지 않은가.

추위나 더위, 척박한 땅에서도 잘 견디고 오염된 땅을 회복시킨다. 방사능이 누출된 체르노빌에도, 공해가 심한 디트로이트에도, 지진이 일어난 후쿠시마에도 해바라기를 가득 심었다. 희망을 심었다.

밝은 얼굴에 기다림과 외로움이 묻어난다. 여름내 한결같은 열정이 식으면 까칠한 얼굴은 속이 탄다. 그 결실의 씨앗으로 기름을 짜고 줄기로는 종이도 만들어 내며 꽃잎까지 약재로 쓰이니, 하찮아 보이지만 이렇게 쓸모 있다는 걸 사람들은 알까.

시선을 정면에 두고 빤히 쳐다보는, 그처럼 큰 얼굴을 가진 꽃도 없다. 그 얼굴을 버티어야 하기에 줄기는 굵고 거칠다. 어찌 보면 꽃이라기보다 나무 같다. 일상 꽃의 한계를 벗어난 자유로움이 있다.

우아한 꽃병보다는 질그릇이 어울리는 풀냄새 나는 이 꽃을 나는 좋아한다. 소망을 갖고 기다리는 사람 누구나 가질 수 있는 꽃이라서. 아무도 원치 않는 버려진 땅을 받아들이고 희망을 내주어서. 그리고 무엇보다도 눈높이를 하늘에 두고 있어서.

박정숙

01 온도
02 뻐꾸기 울 때

작가소개

2016년 『월간문학』 수필 등단. 에세이울산 회원. 경북 문화체험 수필대전 입상, 울산 산업문화축제 문학상 수상.

온도

남편이 내 손을 잡았다. 갑작스러운 남편의 행동에 나는 슬 그머니 손을 밀어냈다. 연일 폭염주의보가 내려지는 날씨에 손을 잡고 걷 자는 남편의 행동이 어색해서였다. 안색이 변한 그는 내게서 저만치 떨어 져서 걸었다. 서운하다는 신호다. 그래도 나는 그 신호를 무시했다.

내 몸은 지금 여름과 겨울을 같이 살고 있다. 하루에도 몇 번씩 뜨거운 여름이었다가 차가운 겨울이었다가를 반복하고 있다. 갱년기다. 한순간 땀이 비 오듯 하다가 어느 순간 시베리아 벌판에 서 있는 듯 차가워졌다. 나는 수시로 변하는 이런 날씨 변화가 너무 싫다. 남편이 손을 잡는 순간 내 몸은 땀으로 흥건한 여름이었다.

나에게 마흔은 삶의 고비였다. 몸은 여기저기에서 아프다는 신호를 보 내왔고, 무엇보다 마흔이라는 숫자의 중압감이 나를 더 힘들게 할 때 우울 증이 내 몸에 스며들기 시작했다. 아픔은 몸의 가장 은밀한 부분에 생채기를 냈고, 큰 수술을 해야 했다. 수술 후 우울증은 더 심해져 어느 것 하나도 쉽게 극복할 수 없었다. 그러면서 나에게 두 계절이 공존하게 되었다.

마흔이 되기 전 내 몸은 주로 겨울에 가까웠다. 푹푹 찌는 한여름에도 솜이불을 목까지 덮고 잤다. 남편이 옆에서 선풍기를 돌리면 춥다고 잔소리를 했다. 그러다 보니 각방을 쓰는 날이 많아졌다. 남편은 서운하다면서도 나를 이해해주었다. 두 사람의 온도를 맞추기란 쉽지 않았다.

어쩌면 부부는 다른 계절을 사는지도 모른다. 다른 부부들도 온도가 달라서 애를 먹는다고 했다. 각자의 온도가 다르니 가까이할 수 없는 그대가 되어 버린 것 같다. 온도가 같아서 같은 계절을 살면 좋겠지만 우리 부부는 아무래도 힘들 것 같다.

나는 가끔 내 온도를 속일 때가 있다. 그것은 남편의 컨디션이 좋지 않거나 내가 남편에게 부탁할 일이 있을 때이다. 그럴 때는 내 온도를 속이고 내가 먼저 손을 잡기도 한다.

어서 가을이 왔으면 좋겠다. 서늘한 바람이 불면 내 몸의 온도가 내려갈 것 같기 때문이다. 그러다 보면 마음의 온도도 내려가 내가 먼저 남편의 손을 잡는 순간을 기대해본다. 저만치 앞서서 걷고 있는 남편의 팔짱을 살짝 낀다.

뻐꾸기 울 때

뻐꾸기가 운다. 도시에서 듣는 뻐꾸기 소리도 울림이 있다. 예전에는 새들의 울음소리를 듣고 무슨 작물을 언제 심어야 하는지 가늠했다고 한다. 그때나 지금이나 그 소리는 분주한 아침을 알리는 소리다.

오늘은 어린이날이다. 어린이날 선물로 딸에게 무선 자동차를 사 주었다. 갖고 싶어 하던 걸 받아서 딸은 좋아했다. 그래서 그 자동차만 가지고 놀 줄 알았다. 그런데 아니었다. 서너 시간도 되지 않아 이미 쌓여 있는 다른 장난감들과 섞여 잊히고 말았던 것이다. 그걸 보는데 내 어릴 적 생각이 났다.

내가 어릴 때 어린이날은 노는 날이 아니었다. 그날은 일하는 날이었다. 그때가 마침 고추를 심어야 하는 시기였기 때문이다. 동네 아이들 열에 아홉은 고추 심는 일에 동원되었다. 그랬기 때문에 어린이날이라고 노는 아이는 거의 없었다.

우리 고추밭은 동치골에 있었다. 이른 아침 동치골엔 뻐꾸기 울음소리로 가득했다. 그 소리를 들으며 고추를 심는데 이랑이 길어 심어도 심어도 끝이 없었다. 오뉴월 볕은 숨을 턱턱 막히게 했다. 선물은 고사하고라도 물가에서 놀게만 해줘도 좋으련만 다 꿈같은 얘기였다.

그 당시 우리 집은 땅 한 평도 없을 만큼 가난했다. 그래서 남의 밭을 빌려서 농사를 지을 수밖에 없었다. 가진 건 없고 식구는 많아 남의 땅이라도 부칠 수 있는 것이 다행이었다. 그러나 철부지 자식들은 어린이날도 일을 해야 하는 것이 싫었다.

어둑어둑해질 무렵에 일을 마치고 집으로 돌아왔다. 지친 어머니가 어두워진 정지로 들어갔다. 저녁 준비를 하는 줄 알았는데 사탕 한 봉지를 들고 나왔다. 밥 대신 사탕을 내미는 어머니의 얼굴엔 정지만큼 어두운 그늘이 드리워져 있었다. 그러나 우리는 사탕을 보는 순간 기분이 날아갈 것 같았다. 그 어떤 것보다 달콤한 선물이었다. 그때 먹었던 사탕 맛은 아직도 잊을 수가 없다.

뻐꾹 뻐꾹 우는 소리가 들린다. 숲에서 나는 것 같기도 하고 산에서 나는 것 같기도 하다. 맑은 날 듣는 뻐꾸기 소리는 구슬프다. 뻐꾸기 소리가 그냥 새소리로 들리지 않는 것은 배고팠던 시절의 고단함이 묻어 있기 때문인 것 같다.

222

김순남

01 뜸 들이기
02 물 위에 눕다

작가소개

2016년 『월간문학』 수필 등단. 소월백일장 준 장원. 한국문인협회 회원.

김순남 수필 01

뜸 들이기

압력밥솥의 추가 삼 분쯤 돌다가 이제 멈추고 뜸을 들이는 중이다. 아무리 좋은 쌀로 밥을 지어도 뜸이 제대로 들지 않으면 밥맛이 덜하다. 구수한 밥내에 얼른 먹고 싶어도 맛있는 밥을 먹으려면 기다림이 필요하다.

모내기를 비롯해 많은 사람이 모일 때면 어머니는 가마솥에 밥을 지으셨다. 간혹 아궁이에 잉걸불을 솥뚜껑 위에 얹어 놓으시기도 했다. 가마솥의 위아래 온도의 조화를 맞추었던 것이다. 불기운을 고루 받은 가마솥은 눈물을 뚝뚝 흘리며 쌀 한 톨도 설익지 않게 뜸을 들였다.

뜸 들이기는 밥 짓기에서만 필요한 것일까. 삶 안에서도 때론 필요하지 싶다. 어떤 상황에서 단호하게 내 의사를 전하지 못할 때가 있다. 그건 앞뒤를 재어보고 이럴 때와 저럴 때를 생각하기 때문에 뜸 들인다는 말을 듣기도 한다. 반면, 순발력이 뛰어난 친구는 매사에 거리낌 없이 의사 표현을 잘해서 부러움을 받는다. 하지만 때로는 성급함 때문에 옆 사람의 기분을 상하게 할 때도 있다.

나는 옷을 고를 때도 뜸을 들인다. 멋쟁이도 아니면서 옷 고르는 것이 까다롭다면 사람들은 웃을 일이다. 색상이나 디자인이 유행을 타지 않을까. 요긴하게 잘 입어야 하니 이런저런 구실을 다 붙인다. 사람을 사귈 때에도 빨리 친숙해지지 못한다. 상대가 급히 다가온다 싶으면 나도 모르게 뒷걸음질을 하게 된다. 적당히 간격을 두고 사귀게 된 사람은 오래오래 연이 이어진다.

밥솥을 열자 흑미와 검은콩까지 넣은 밥은 고슬고슬하니 보기에도 먹음직스럽다. 검은색 잡곡에서 백미와 보리쌀에도 보라색으로 물이 들었다. 제 몫을 지니고 있으면서도 나눌 만큼 나누어주고, 덥석 다 받아들이지도 않았다. 각자의 모양을 유지하며 서로 어우러진 모습이 보기에도 좋다.

사람과 사람이 살아가는 모습도 이런 것이 아닐까 한다. 아무리 잘난 사람도 혼자 살아갈 수 없듯이 자신의 모습을 지키면서 상대편의 좋은 것은 받아들이고 서로 어우러진 뜸이 잘든 밥처럼 말이다.

■

김순남 수필 02

물 위에 눕다

강습은 체조부터 시작되었다. 갓 입학한 초등학생처럼 강사를 따라 준비운동을 했다. 기본이 중요함은 수영도 다르지 않다. 강사는 앉아서, 또는 엎드려서 발차기를 시켰다. 물에 빠질까 봐 걱정했던 마음이 사라지기까지 4주가 되었다.

오늘은 강습이 없는 날이다. 나름 총정리를 해볼 참이다. 발차기를 기본으로 숫자까지 세며 복습을 했다. 2주차에 배운 호흡하기, 3주차에 배운 키판 없이 자유형을 해 보았다. 팔 동작을 하다 보니 발차기를 하지 않아 몸이 가라앉고 호흡이 맞지 않아 물을 삼키기 일쑤다. 엊그제 배운 배영은 어린이 풀장인 낮은 곳에서 연습을 하는데도 안 되기는 마찬가지이다. 온몸에 힘이 들어가 있으니 수영이 될 리가 없고 경직되어 아프기까지 하다.

오늘 총정리는 헛일인가. 야심 찬 단원정리를 포기하고 물에서 걸어 보았다. 옆 레인에는 얼마나 활기 넘치게 물살을 가르며 나가는지 마치 넓은

226

대표에세이

바다 한가운데 있는 듯하다. 또 다른 레인에는 연세가 지긋하신 분들이 그 연륜에도 불구하고 물 위에 누워 자연스럽게 노닐다가 아기오리 떼처럼 강사 앞에 우르르 몰려간다.

한 달 먼저 수영장에 왔다는 아주머니가 일러준다. 몸에 힘을 빼다 보면 자연스럽게 된다고. 잘하려는 욕심을 버리라 한다. 문제가 뭔지 알 것 같다. '마음을 비워야 함은 수영에서도 예외가 아니구나.' 처음 수영장에 올 때 허리 수술 후 재활운동을 목적으로 하지 않았던가. 그런데 어느새 내 마음에는 욕심이 가득하여 남들처럼 수영을 잘하려고 스스로를 닦달한 자신이 부끄럽다.

가벼워진 마음으로 물 위에 드러누워 가만히 몸을 맡겨봤다. 척추를 곧추세우고 팔과 다리, 어깨에 힘을 빼고 살살 동작을 해봤다. 그러자 몸이 가라앉지 않고 물 위에 누워서 가고 있는 것이 아닌가. 나도 모르게 물 위에 나를 자연스레 띄우다니 꿈만 같다. 수영을 잘하고자 하는 욕심과 남들만큼은 해야 된다는 집착을 내려놓자 물은 저항 없이 내 몸을 가볍게 받쳐주었다.

최 종

작가소개

2016년 『월간문학』 수필 등단. 전남 영암 출생, 남법대 졸업

경계

박물관을 둘러본다. 30여 만점의 유물이 소장된 국립중앙박물관이다. 시험장처럼 조용하다. 지금에 너무 집착해서인가. 과거를 바라보는 감성이 너무 무뎌져서인가. 그것들을 보는 내 마음은 담담하다. 머릿속 회로에서는 그 연대기와 유물로 지정된 사유를 표정 없이 기억해볼 뿐이다. 박물관에서 가족공원으로 가는 어귀에는 실개천이 있고 그 위에 돌다리가 놓여있다. 살았던 흔적과 살고 있는 실상이 구분되는 경계다.

다리를 건너 숲길로 들어선다. 산새들이 나뭇잎을 털며 날아간다. 사이렌 소리의 정점에 있는 듯한 매미의 합창이 그칠 줄 모른다. 잔디밭에서는 아이들이 소리치며 공놀이를 하고 있다. 살아 있는 모든 것은 움직인다. 소리를 낸다. 매일 이 가족공원을 걸었으면서도 마치 오늘 이 순간만이 내게 주어진 실제의 시간인 것처럼 느껴진다. 허리 구부정한 노인이 종종걸음으로 땅만 보고 걷고 있다. 그 뒷모습을 보는 내 마음이 동동거리며 뒤

따라간다.

　지금을 지나 먼 미래로 향하는 경계는 어디쯤 있을까. 이 순간에서 저 순간으로 가는 시간의 흐름 속에 살아 있는 것과 사라져가는 것이 나누어진다. 세월은 보이지 않지만 흘러가는 시간은 삶과 죽음의 형태를 구분하여 남긴다. 그 경계 가까운 곳에 노인의 삶이 있다. 시간의 소중함을 가슴 울렁거리며 알았을 때, 비로소 스스로 이렇게 늙어버리고 말았음을 실감하게 된다. 머리를 만지며 가슴에서 발등까지 천천히 내려다보면서 스스로 지친 존재를 피부로 감지한다.

　경계를 지나 사라지는 저 세계에는 무엇이 있을까? 고운 옷을 차려입은 영혼들이 경쾌히 하늘을 날고 있을까. 안개만 자욱해서 아무것도 볼 수 없는 무한의 바다 끝이 바로 저 세계일까. 생각을 접는다. 지금만을 바라본다. 과거를 담담히 바라보았듯 다가오는 세월도 의연히 맞이하면 된다. 주어진 시간만은 오롯이 알뜰하게, 멋지고 아름답게 만들고 싶다.

원평해변가요제

홍도 관광을 마친 우리 일행은 오늘 밤 비금도에서 잔다. 마침 이곳에서는 스물네 번째 맞는 '원평해변가요제'가 있단다. 해변 언덕에 가설된 300여 좌석은 거의 관중이 들어찼고 서 있는 사람도 많다. 뒤편에 자리를 잡았다. 모기를 쫓느라고 팔락이는 부채들이 불빛을 받아 물결친다. 입구에서 부채를 나누어준 이유를 알겠다. 심사위원들은 달려드는 모기떼를 피하려고 두 면이 모기장인 천막 안에 앉아있다. 아래로 목을 쭉 뺀 한둥이가 관중석 뒤쪽에서 어슬렁거리고 있다.

밤 8시가 지나면서 노래 경연은 시작된다. 50대로 보이는 쌍둥이 형제가 무대에 오른다. 형의 노래에 맞춰 동생이 추임새를 넣는다. 10여 명이 무대 앞에서 함께 춤을 춘다. 아직 취학하지 않은 아이들도 무대에 나와 춤을 추며 노래한다. 컹컹 웅웅 소리를 너무 크게 내지르는 확성기가 조악하다. 모두가 흥겨운데 스피커가 아무려면 어떠냐. 마냥 즐겁고 신나는 축제다. 어느 젊은이의 노래가 해변의 모래를 휩쓸어가는 듯 포효한다. 관중들은 크게 소리치며 박수를 보낸다. 손가락을 입에 넣어 호루라기 소리를 내는 사람도 있다.

외지에서 피서 온 사람들도 무대에 선다. 이 밤에 색안경이 유별난 젊은 여인은 안산에서 왔단다. 성량이 풍부한 목소리다. 누가 노래를 부르든 박수 치는 소리는 연달아 쏘는 딱총 소리처럼 크게 들린다. 드디어 정년퇴임한 ㅂ 교장이 무대에 선다. 우리 일행이다. 〈꽃보다 아름다워〉를 부른다. 가장 높은 곡조로 부르는 노래가 관중석을 돌아 바다 저편으로 멀어진다. 그 높은 목소리에 모두 열광한다. 근엄하기만 한 ㅂ 교장이 낯선 곳에서의 낭만을 한껏 즐기고 있나 싶다.

출연자를 함부로 대하는 사회자가 눈에 좀 거슬린다. 그런 것쯤은 조금도 괘념치 않는 듯 허허 웃으며 손뼉 치는 관중들이 축제를 제대로 즐기는 성싶다. 하늘에는 밤알보다 더 큰 별들이 금방 떨어질 것 같다. 찬찬히 보면 별들은 더 커지고 더 많아진다. 누구나 쉽게 찾을 수 있을 만큼 북두칠성과 북극성이 머리 위에서 더욱 선명하게 빛을 발하고 있다.

골 목 길 의 고 백

사랑하는 이에게 들려주는 이야기

대 표 에 세 이

소리로 읽는 대표에세이
http://www.supil.or.kr
위 홈페이지에 접속하시면 수록된 작품들을
육성으로 감상할 수 있습니다.

골목길의 고백

정목일 김 학 이창옥 지연희 조성호 권남희 최문석 한석근 윤주홍
이은영 안윤자 김사연 정인자 박영덕 윤영남 박미경 류경희 조현세
김지헌 장경환 정태헌 김선화 박경희 문영숙 청정심 김윤희 김현희
우선정 김상환 곽은영 김경순 허해순 허문정 김진진 전영구 김기자
김영곤 전현주 김창순 강창욱 신순희 박청숙 김순남 최 송

골목길의 고백

사랑하는 이에게 들려주는 이야기

대표에세이문학회